［日］

松浦弥太郎

著

玩就
儿是

王涵——译

江苏凤凰文艺出版社
JIANGSU PHOENIX LITERATURE AND
ART PUBLISHING

图书在版编目（CIP）数据

就是玩儿 /（日）松浦弥太郎著；王涵译. —— 南京：
江苏凤凰文艺出版社，2022.5
ISBN 978-7-5594-4729-6

Ⅰ.①就… Ⅱ.①松… ②王… Ⅲ.①随笔－作品集
－日本－现代 Ⅳ.①I313.65

中国版本图书馆CIP数据核字(2020)第052642号

著作权合同登记号：10-2019-658

就是玩儿

（日）松浦弥太郎 著 王 涵 译

责任编辑	周颖若	
特约编辑	颜若寒	
装帧设计	尚燕平	
出版发行	江苏凤凰文艺出版社	
	南京市中央路 165 号，邮编：210009	
网 址	http://www.jswenyi.com	
印 刷	北京盛通印刷股份有限公司	
开 本	787 毫米 ×1092 毫米 1/32	
印 张	8	
字 数	140 千字	
版 次	2022 年 5 月第 1 版	
印 次	2022 年 5 月第 1 次印刷	
书 号	ISBN 978-7-5594-4729-6	
定 价	49.80 元	

江苏凤凰文艺版图书凡印刷、装订错误，可向出版社调换，联系电话025-83280257

就是玩儿

目 录

おいしいおにぎりが作れるならば。

今天也
要好好
生活

"五月病"疗愈法

    每年的四月一过,我都会突然想起"重拾初心"这个词。如果把四月当作是一年的开始,按理说,人们就应该在二月、三月的时候"先发制人",做好该做的事情,以便在四月到来时,让内心的不安得以平复。然而,"理想很丰满,现实很骨感"。每年四月到来时,人们总是会一拍脑袋,一边反省自己此前的无所事事,一边感叹:"啊,日子又这么浑浑噩噩地过去了。"

    如果凡事都顺利的话,人间也就不需要"重拾初心"这种说法了。重拾初心,听起来就像特意回到了出发点一样。如果事事都顺利,那么淡然地继续向前迈进才符合常理。

    一月、二月、三月都浑浑噩噩地度过去,很多人会觉得无伤大雅。可是,一旦四月也这么不明不白地过去了,他们就会终于感觉到不安了。如果把四月视为一年的开始,那么人们的这种心绪大概可以归因于"过年"后的疲惫吧!怎么形容这种感觉好呢,就像是穿了一条腰带松了的兜裆布走来走去,或者像是把好容易拢到一起的头发扎得七零八落。总之,四月一过,人们往往会忽然注意到生活中的某处松弛或不自然，并且想要停下脚步。

松懈的感觉相当令人讨厌。究其原因，恐怕就是因为松懈反而会让人们感受到疲倦吧！譬如，松弛的兜裆布无法紧紧地贴合在腰部上，穿起来就会让人觉得软趴趴的。想一想我们穿着鞋带松了的鞋子走在路上的感觉，就能明白这种尴尬了。想要把该勒紧的地方紧紧地勒紧，就绝对少不了绳子。因此，在四月的时候，我们才要将精神上的那根"松弛的绳子"稍微松开，然后再勒紧一次。

男男女女们各有各的心事，但是，重拾初心的方法却是相通的。如果我们能够以坦率的心，小心翼翼地解开精神上的"绳子"、擦拭掉心灵上的灰尘，再谨慎地系紧这根"绳子"。我想，这就是所谓的重拾初心吧。

人心是脆弱的，邪恶的念头难免会侵入我们的心灵。所谓邪念，就是不肯面对现实，不管发生什么都固执地认为自己是正确的。重新系上精神的"绳子"，也可以消除这种邪念。

通过重拾初心，我们能够静下心来重新考虑生活和工作中的很多事，重新思考一下生活是什么，工作是什么，然后将生活和工作重新联结起来。

因此，我认为，或者说我发现了，生活和工作具有"活计"和"义务"的两种含义。虽然活计和义务在日语中的读法一致，但是意思完全不同。

所谓活计，就是通过与公司、团体或组织的契约，努力完成社会所给予的工作。在这个过程当中，必定要订立契约，也必定要有金钱往来。简单说来，在与社会的关系中，为了金钱而努力工作就是所谓的活计。一般所说的工作指的就是活计这层意思。

所谓义务，就是一种能够支撑自己每天的生活和工作的事务。在当下境遇中，通过自己的创造力，竭尽全力地完成应做的事情，就是义务。在这一过程当中不存在金钱往来。比如育儿、持家，这些都是义务。

同时，保持身心健康、享受各种趣事、好好休养自身、坦率勤奋地工作、不寻求回报地体谅他人……这些都是人们作为社会成员之一所应尽的义务呀。

啊，原来如此！我一拍大腿，这才明白过来：原来每个人的生活和工作都可以分成活计和义务两部分呀。

认识到这件事之后，每年四月份到来时，我总能感到的郁闷烦躁都消失了，对于生活和工作的心情也一下子放晴了，整个人轻松了不少。可以说，我已经整理好自己的心绪了。

这样想来，即使在活计方面不能随心所欲，我们不是还有义务嘛！我们要好好思考自己应尽的义务是什么，努力去珍惜并完成自己的义务，这样才能弥补活计方面的不足。

反过来也说得通。义务无法完成的时候，也可以用活计方面的努力来弥补。因此，我们要好好考虑自己应该做好的活计到底是什么。

每个人的活计和义务的平衡比例都是不同的。主观来说，普通工薪阶层的活计往往能达到七成，义务的比例只占三成左右；如果是家庭主妇，那么义务的比例就几乎是百分之百，而活计的比例就少得可怜了。

　　活计和义务很难保持平衡。一比九也好，二比八也好，最重要的就是：不要让活计和义务之间有留白。比如，活计占五成，义务占一成，两者皆非的空白占四成，这样的比例就不太好。然而，我们稍不注意就会落入无所事事的窠臼，这才是最可怕的事情。

　　当今社会中有很多失业的人。可是，即使是失业者也有应尽的义务呀。那么，这些人完成了应尽的义务了吗？此外，为了将来的活计而努力学习，也是义务。

　　我见过很多迫于生计的人，他们为了生存，不得不牺牲自己的家庭和生活，一味埋头于工作之中。我相信，很多人都经历过这样的忙碌时期——即使无法完成义务，也要拼命完成手头的活计。这时候，只要在休息日时努力完成应尽的义务就好了。

　　我会先认真思考活计是什么、义务是什么，然后将其写在纸上，如此便能整理好思绪。写清楚心中的想法之后，我会继续冷静反思，看看自己当下的活计与义务之间是否保持平衡。这样一来，在四月到来时那种没着没落的心绪就会得到平复。

我觉得自己现在真的应该好好考虑对自己来说什么才是活计，什么才是义务。实在惭愧，一直以来我总是满心只想着活计。

简单做一下总结：活计就是自己力所能及的事情，义务就是自己理应去做的事情。

活计和义务，无论哪一个都是生存的重要组成部分。不管以后会遇到什么，我都希望自己能够打起精神走下去呀。

虽然是题外话，但是，我想起来一个能让人打起精神的小秘诀。

在此，我先摘录一下已故花森安治先生说过的话。

——很多时候，只要把自己往年轻了考虑十岁就行了。

三十岁的人可以把自己看作二十岁。四十岁的人可以把自己当成三十岁，五十岁的人就把自己看作四十岁……把自己的年龄当作虚像，不仅能充满干劲地展开行动，还能自然地回想十年前的往事和心境，这也是重拾初心的附赠。

这个想法真不错：让自己拥有一个年轻的心态，把自己想得年轻一点。这件事谁都做得到。

解开精神上"松弛的绳子"，再紧紧地重新系紧。我想要好好地完成我的活计，再认真地履行我的义务。

今日杂感

人为什么活着？

我觉得，人活着的目的在于"心灵的增长"。

在一个孩子长大成人的过程当中，身体机能有了显著的提升，也开始了"心灵的成长"。这是一场伟大的心灵之旅。

在这场心灵的旅程中，我们会遇到其他的人、物、风景、事件，并与其中的一部分产生羁绊。我们会找到幸福和喜悦，跨越人生的痛苦，一步一步地向前迈进。

即使步伐缓慢，只要在生命终结的那天之前，能够稍微推进心灵成长的步伐，就已经足够幸福了。

把自己以外的所有人当作老师，反思自己能从今天经历过的事情和相遇中学到什么，以后又该如何去做。如果把可能发生的事视作必然，那么或好或坏的事情都应该学着去应对，去认真地体验。

从小事中学习，可以温暖每天的生活和工作，而好奇心就是这一过程的力量之源。

心里若有了疑问，就去刨根问底。不要满足于间接的方法，只有亲身到达事件发生的第一线，用自己的眼睛去观察，用自己的耳朵去聆听，才能够理解一件事情的始末，这才算是不会轻易妥协的探究心。所谓疑问，即是迷惑。这种迷惑和对自己的疑问，正是心灵成长的第一步。

我们作为文字编辑，必须常保好奇心和探究心。它们是我们工作的精神食粮，为我们指引着了解世间真相的方法。"自己是谁"这一疑问，是人们生存下去所不可替代的动机，只有解答了一个又一个疑问，心灵的旅程才会不断向前推进。

推动心灵的成长需要自信。我们要相信个人对自己的判断，不要总是向外寻求自己。向外观察事物固然有益于身心成长，但是，我们也应该改变心灵的视角，让心灵直视自己。

"了解自己"是心灵成长的目的，也是人们生存的理由。

我最近很喜欢"典座"这个词。

"典座"一词在日语中读作"てんぞ"，指的是一种佛教修行。据说在坐禅和读经等修行中，典座是最尊贵的行为。"典座"也是寺院僧人的职务之一，俗称为炊事员和杂务员。人们也许会想，炊事员和杂务员的工作这么低调平凡，为什么反而以最尊贵的"典座"之名相称呢？这是因为佛教认为，人生真理往往存在于最贴近日常生活的地方。因此，与充满烟火气的厨房、洗衣房、卧室等地方打交道的工作才是最宝贵的修行。做菜、打扫卫生、洗衣服……在这些平凡的工作中，充满着能够促进心灵成长、增进自我了解的人生智慧。

在"典座"们代代相传的工作心得当中，有这样一则教诲：“要像在清洗别人的眼睛一样，认真地清洗锅子和餐具。”

正因为我是个无用之人，所以每天早上，我都会对自己说："今天也要好好地工作和生活呀！"这句话也成了支撑我编辑《生活手帖》杂志的心灵支柱。虽然身居总编要职，但是我也想像"典座"们一样，以认真的态度对待自己的工作，不断向前走下去。

平衡的力量

步入社会之后，我发现保持平衡反而变得困难了。不过，也有人认为，正因为已经长大成人、步入社会，人们才必须学会保持平衡。儿时，父母长辈总会告诉你不能挑食，可是等你长大了，无论你挑食与否都不会再有人约束你，你想怎么做就能怎么做，即使被长辈们训斥了几句，也可以满不在乎。因此，对成年人来说，保持平衡越来越难了。就连在生病的时候，一旦身体状况稍有好转，我们就会认为自己的病好了，不再主动接受治疗。如果能接受自己生病的事实倒还好，讳疾忌医的人往往会导致病情更加严重。有时候，人们只有在病情恶化之后才会想起来寻求治疗，然而这时往往已经无力回天了。

对成年人来说，最难的是如何在顺境下保持平衡。如果身处顺境，我们就会因为幸福感爆棚而忘却了居安思危。然而，顺境之中多少都会夹杂着一些不好的事，我们必须清晰判断眼下的境遇。保持了平衡之后，人们便可迎来顺境。这之后，人们只需像弥次郎兵卫①一样，在祸福的天平之间左

---

① 日本漫画《七龙珠》及其衍生作品中的角色。

右摇摆就可以了。

人们在身处顺境时最难保持平衡。就像泡在水温适中的浴缸里一样，若是觉得舒适，我们就不乐意从浴缸里走出来，这也许是人之常情。然而，在任何真理的深处，通常都有一种保持平衡的力量。因此，人们不可能一直身处顺境，"物极必反"。

身处顺境的时间越长，顺境所带来的反作用也就越大。这就跟弹簧的原理一样，越是用力按压弹簧，弹簧反而会跳得越高。如此说来，身处顺境时的我们应该如何趋利避害呢？很多时候，我们并不是故意做出那些会对自己不利的行为，也不是有意要放弃那些对我们有利的形势，一切不过是保持平衡的规律在起作用罢了。再加上，及时行乐、贪图安逸往往是人类的本性。因此，人们越是处于顺境，越是不容易保持平衡。

若是发现自己最近一直在走"上坡路"，也不要得意忘形，而是要沉着冷静，同时要学着分利于人，也就是尽自己所能地去帮助他人，将对他人有益的事情分给他人去做。如果发觉自己身处竞争之中，就要想办法先让他人走在前列。如果正在做生意，那么就不要太过贪心。身处顺境之时，与其趁势抬高自己，不如适当降低自己。如此一来，自己必定多少有一些亏损。但是，这些亏损反而会激励我们更加努力向前。正如我之前所述，"塞翁失马，焉知非福"。适当的亏损一定会产生补偿的反作用。另外，受到的损害越大，补偿回来所需的时间往往也就越长。

小的时候，我们经常会被大人们训诫："越是身处顺境，越容易落入陷阱，一定要多加小心！记得'谦虚使人进步，骄傲使人落后！'。"此话不假。既然如此，我们就要比别人加倍谦逊，要学会低下头、退一步，学会礼貌和谦让。贤明的人不会贪得无厌，他们反而会故意让自己受挫，通过人为创造的一些小挫折来适当平衡运势走向，从而避免今后可能产生更大挫败。

那么，身处逆境的人如果任凭厄运自然发展，会像"福兮祸之所伏"所说的那样等来好事吗？根据保持平衡的规律来说，确实是可以的。但是，身处逆境往往都事出有因。如果人们不承认自己身处逆境的原因是出于自身，那么逆境就会进一步恶化，这样一来，人们就无法仅凭平衡规律的力量转亏为盈。不好的事情分为很多种，有的是自身的原因引发的，有的要归咎于其他因素。只要不是源于自身的逆境，就一定能在平衡规律的作用下获得扭转。然而，若是自身有错的话，我们就必须先行改正自己的心态和言行，为祸福逆转创造一个契机，推动厄运转变成好事。综上所述，在平衡规律发挥作用之前，我们应该尽早采取行动、抢占先机。另外，学会预判祸福扭转的节点也很重要。

无论是身处顺境还是困于逆境，在应对自身状况时，都有一个通用的方法，那就是保持谦逊、抑制贪欲、绝不骄傲。在祸与福的天平上谨慎行动，尽力不让事情朝着任何一方过度发展，才能获得长久而稳定的幸福。就像我前文写到的，在这一方面，我们真的可以学习一下《七龙珠》里的弥次郎兵卫，即使在祸与福的平衡点上左右摇摆，也永不会失衡。

色川武大先生在随笔《背面人生录》中讲道："我认为，获得压倒性的胜利对自己无益。因为压倒性的胜利最终往往会招致压倒性的失败。即使是在人际关系上，永远保持八胜七败、九胜六败这种状态，才是最理想的。"此外，色川先生还写过诸如"后退一步，前进两步""暂且认输吧，这样心情就可以平静下来，以后再想办法取胜就好了""缺点也可以反过来成为优势"之类的语句。

他的文字中，对我影响最深的一句就是："为了弥补自身缺点而必须挖掘和开发的地方，往往正是我们的优点。"我们或许也能以此为提示，努力取得个人发展的平衡。

我成了鲁滨孙·克鲁索

"一波未平，一波又起。"

我们每天的生活多少都是"一波未平，一波又起"的反复吧。

无论在世界的什么地方，生活和工作上的艰难辛苦都是不可避免的。困难像波浪一样一个接一个地涌过来，轻松将人吞没殆尽，让人想逃也逃不掉。接连不断的困境如同火烧连营，因此被逼上绝路的人即使在今天也不算少。虽然乐观点来看，与困难的较量也是学习的过程，也可能积攒到宝贵的经验。但是，在四面楚歌之时，要想有如此从容乐观的心境实在不易。不仅仅是人类社会，整个自然环境都在随着时间一分一秒地流逝而逐渐走向无可估量的崩坏，我们普通人的日常生活就更是如此。一个极其艰难的时代已经到来了。

前几天，政府为了引进 ETC 系统，决定在双休和节假日降低高速公路的过路费。如此一来，在双休和节假日期间出行的人数就增加了。这看似是施惠于民，然而由于出行人数增加，二氧化碳的排放量也大幅度上升了。虽然这些微小的变化不会马上引起肉眼可见的结果，却与天灾息息相关。据说，在北极，由于全球变暖，那里的生态受到了很大的影响，北极熊的数量正在逐年减少。可是，许多国家却只关心该如何开发北极圈里沉睡地底的石油和天然气等资源，能想到要去拯救那些北极熊的国家屈指可数。也对，北极熊是多是少、是死是活又有什么关系呢？毕竟，现在是赚钱优先的时代呀。

"一波未平，一波又起。"

包括天灾，其实今天的一切都是我们自己造成的。数百年来，我们拼命地追求方便、便宜、快捷，追求虚无的物质丰富，今天这个"悲惨世界"，正是我们曾经的"不懈追求"所导致的。

据说，失眠的人若想轻松入睡，可以在晚上躺在床上时，闭上眼睛想象各种开心幸福的事情已经发生，如此便能一夜好眠。

睡觉的时候，我总是会想象一些事。只要想到每一天都是"一波未平，一波又起"的日子，我反而会振作起来，产生"好，明天也要加油呀！明天也要平和友善地待人呀！"这样的信念。想着想着，我就会忘记今天的辛苦和困难，第二天也能继续以初心做事。

不知道各位读者有没有听过鲁滨孙·克鲁索呢？他是丹尼尔·笛福的名作《鲁滨孙漂流记》的主人公。我晚上睡觉的时候，有时也会想象着鲁滨孙·克鲁索的面容，感受着他那波澜壮阔的奇异经历伴我入睡。

我先来讲一下《鲁滨孙漂流记》的内容概要。鲁滨孙·克鲁索出生于1632年，是英国约克市的一名商人的三儿子。他从小就喜欢流浪的生活，经常和父母的意志发生冲突。父亲苦口婆心地告诉鲁滨孙身为一个中产阶级的人该如何保全一生幸福，但是他无视父亲的忠告，甚至离家出走。最初，鲁滨孙跑去当了一名海员。他遭遇过暴风雨，被海盗囚禁过，还曾在摩洛哥的港口城市萨雷被俘成了摩尔人的奴隶。后来，他带着一名叫朱力的少年乘船出逃，又辗转来到巴西，并在巴西开辟了一座种植园。在去非洲抓黑奴的途中，鲁滨孙乘坐的轮船又遭遇了海难，只有他一个人活了下来，并被海流冲到了一座无人岛上。当时，鲁滨孙随身携带的物品只有刀、烟斗、烟草而已。随后，鲁滨孙跑到刚好搁浅在不远处的船只上，陆续运出了必要的物资。自此，鲁滨孙开始记日记，并为自己的日记取名《绝望之岛》。他在无人岛上养了狗、猫和鹦鹉，总算排遣了自己的不安和绝望。他曾因为染上热病，在生死之间徘徊过，不过后来却奇迹般地恢复了健康。在无人岛上，鲁滨孙充分发挥了自己的勤奋和创造才能，为自己构筑了坚固的住房和储藏库，并以狩猎和种地的方式确保了食物来源，他还把野生的山羊饲养起来，过上了原始人一般的生活。这样的日子一直持续了十五年，直到有一天，鲁滨孙发现海边有了人类的脚印，他不禁大吃一惊。虽然他一直希望有人能陪伴自己，可是真发现人迹的时候，他却害怕起来了。这之后又过了十年，野蛮人带着几个俘虏出现在这座无人岛上。鲁滨孙开枪赶走了他们，救下了一个野蛮人俘虏。鲁滨孙给这个俘虏取名为"星期五"，后来，"星期五"成为他忠实的仆人。当那群野蛮人再次登陆的时候，鲁滨孙就和"星期五"两人协力击退了敌人，救出了"星期五"的父亲和一个西班牙籍白人。后来，鲁滨孙派这两个人去救出了被囚禁在其他岛屿上的白人，又在一次白人船员的叛乱中救出了同样被带到这座无人岛上的一位英国籍船长，并替他夺回了自己的船只。最后，鲁滨孙搭上这名船长的船回到了故国。从当年漂流到无人岛，到最终离开无人岛，鲁滨孙整整在岛上度过了二十八年岁月。

回国之后，鲁滨孙才知道自己位于巴西的种植园依旧安然无恙地经营着，他的晚年生活有了富裕的保证。不久，鲁滨孙也有了自己的家庭。可是自从妻子去世后，他又开始了四处流浪的生活。最终，鲁滨孙回到那座无人岛，开始了一场全新的冒险……

最让感到我兴奋的是，鲁滨孙·克鲁索这个人物其实是有原型的。不管遭遇怎样的痛苦和磨难，不管在一开始时有多沮丧和烦恼，鲁滨孙·克鲁索最终都一定会振作起来，用智慧和果敢跨越眼前的巨大难关。我越想到鲁滨孙，就越觉得自己的心中也涌出了一股一往无前的勇气和力量。通过这本《鲁滨孙漂流记》，我明白了两件事：第一，人要勇于实践，只要信念坚定，就一定能看到希望的光芒。第二，能够减轻人心孤独的，只有另一个人的真心。鲁滨孙一边继续着冒险之旅，一边向世人说道："如果有人像我一样遭受苦难，我就会想去帮助那个人。另外，人们之所以会不满地控诉当下，只不过是因为他们对现在所拥有的一切缺乏感恩之心。"

为了在荒岛谋生，鲁滨孙·克鲁索下了很多功夫。他会将自己经受过的痛苦和困难当作"坏事"，而把在生活中发现的每一份小幸福当作"好事"，并将这些"好"与"坏"按照簿记中贷方与借方的形式罗列起来进行对照。他的这一做法令我大为钦佩。后来，我也慢慢发现：即使处于令人心酸的境遇中，也一定会找到一些值得感谢的事情。鲁滨孙·克鲁索也说过类似的话——无论一个人身处多么悲惨的境地，他也一定能在苦难中发现一些能够激励人心的东西。"好事"与"坏事"的"借贷账目"，算到最后一定会是"好事"多。

下次再与烦恼或痛苦相遇时，不妨也澄明心绪、写一写"好事"和"坏事"的对照账本吧。也许，你会在制作账本的过程中，自然而然地生出一种对生活的感恩之情。这种感恩的心，就是让自己在第二天继续振作的精神力量。

正因为我生活在如今这个充满困苦的时代，我才想成为鲁滨孙·克鲁索。我也想像他一样精神饱满地活下去。旅程远远没有结束，来，我们继续走吧。

何为自知

　　大概是二十五岁以后吧，每次见到关系很好的朋友时，我们总是说自己怀抱着何种梦想和目标，又准备如何去接近它。我想，这大概是出于刚步入社会要开始一个人生活的不安吧。那时候的我总是有"这么做可以吗？""就这样继续下去行不行呢？"之类的想法，面对未来惶惶不安。

　　我和朋友都喜欢阅读传记。每次我们读成功人士的传记，都希望从中得到一些有助于自己今后生活的启示。我记得，自己曾经近乎贪婪地读完了戴尔·卡耐基、拿破仑·希尔、亨利·福特等成功人士的传记。有一天，朋友从一本传记中得到了启发，对我说："我认为，要成功首先要了解自己，认清自己是谁很重要。我们就先做好这件事吧。"

　　于是，朋友便向我说明了他从书上学到的方法："首先，要回想最久远的儿时记忆，三岁也好，四岁也好，总之要挖掘到记忆的尽头。然后，我们要以此为起点梳理记忆脉络。回想一下自己做了什么事情，别人又为自己做了哪些事，然后把这些回忆写在纸上。如果想不起来某位亲人、熟人、朋友的姓名，就尽量在脑海中挖掘出对方的形象，越具体越好。"

后来，朋友尝试了这个方法。他回忆起了自己两岁时的一件事，然后以此为开端，慢慢地追寻到了他六岁的记忆。然后，他把这段时间所经历过的事、遇见过的人都写在了纸上。

"具体该怎么梳理记忆呢？"我问朋友。他回答说："我之前试过坐在沙发上回想过去。结果，我茫然地沉溺在记忆里，很难理清楚头绪。但是，如果把房间的光线稍微弄暗一点，再努力集中精神的话，回忆就会慢慢复苏了。然后，我就会想起来，啊，这个人居然为我做过这种事，我很高兴。啊，我想起被这个人这样伤害过，所以很讨厌他，很伤心……集中精神的时候，那些原本完全忘记的事情也会不可思议地浮现出来。但是，追寻过往的记忆也是件很痛苦的事情。因为任何人都会有一些想要忘掉的事情。只是，这时候就不要再关上心门了，想起来什么就写在纸上吧。不过，因为有些回忆实在太痛苦，我一天最多也就能花一个小时到一个半小时用来梳理回忆。"

听了朋友的话，我也想试一试。虽然朋友没有说自己通过这种方法变得如何，也没有说过他是否因此摸清了自己的人生轨迹，明白了自己的性格成因。但是，听了他的话以后，我觉得认识自己是件很有趣的事。令自己觉得高兴的事情有哪些？觉得悲伤的事情有哪些？自己有什么强项？又有什么弱点？总之，我想试试看。

休息日的下午，我把笔记本和铅笔放到手边，在房间的地板上铺一张垫子，然后坐了上去。我照着朋友说的那样，把窗帘拉起来，让房间的光线尽量暗一些。然后，我一边发呆，一边思索自己的记忆起点在哪里？我想办法让自己平心静气，电光火石之间，我忽然想起了一岁时的自己嘴巴贴着母亲乳房时的样子。母乳的味道、乳房的触感，母亲轻声细语的声音，这些东西都在我的脑海里苏醒了。于是，我把这段记忆写在了纸上，然后以这段记忆为出发点，不疾不徐地追寻着记忆的时间轴。这一过程中我感受到时钟的指针在飞速旋转。我尽量详细地写下了自己能回想起来的事情。在某个记忆浮现的时候，我忽然发现自己在流泪。那不是因为悲伤，而是因为我对记忆中的那个人（当时想起来的是父母）充满了感激之情。我才发现，自己一直被人深爱着。后来，那止不住的泪水告知我已经步入了集中力的极限，我便让回忆的齿轮停了下来。我的记忆追溯到了四岁，从一岁到四岁，我在笔记本上留下了两页的内容。然后，我用手擦干眼泪，看了看表，才发现不知不觉已经过了两个小时。在这段时间里，我不断打开自己心中的抽屉，把那里面上了锁的箱子一个个重新拿在手里。那是一种非常复杂的心境，仿佛沐浴在萧瑟的凉风之下，有清爽惬意，也有彻骨之怖，总之无法用言语形容。那些记忆中的悲伤和恐惧，我不知自己该不该重新想起来它们。但是，我总觉得，这些记忆也是认识自己的重要线索。

后来，我每个月都会进行一次记忆梳理，我的心情也开始一点点变好了。在昏暗的环境下梳理记忆，然后把回忆写在笔记本上的习惯被我保持了五年之久。虽然无法在本文中详细记录关于记忆笔记本的事情，不过，我想跟大家分享我从中得知的一件重要之事。那就是："人是无法独自生存的，以前不行，未来也不行。"现在的我之所以存在于世，是因为在这个社会上，包括家人在内的很多人都和我有所羁绊、有所关联，他们给了我很多东西，也为我做了很多事情。虽然生活中有苦有乐，但是比起那些悲伤的事情，开心的事情要多得多。只要我这么一想，心里就会涌出感恩之情。无论对于什么事情，我一天都要说无数次"谢谢，谢谢"。

在认识自己上，我知道还有很长的路要走。所谓认识和了解自己，就是想清楚：今天的自己有哪些部分是由他人所铸就的（即使是令人悲伤的事情，我们也要感激这份相遇，因为我们从中获得了学习和成长）。直接找机会报答对方的确不容易。但比报答更重要的是，我们要清楚自己的哪些是别人所给予的，并对此心怀感激。

现在的我已经四十六岁了。最近，我又把笔记本和铅笔放到了手边，每到休息日下午，我就会试着梳理过往。我想起了很多被我遗忘了的事情，也惊讶地找到了很多未曾注意过的事情。重要的是，即使流下了眼泪，我还是会对以后的一切经历心怀感恩。今天的我也怀着同样的心情，继续伏案工作着。

读者交流会

生活和工作中有很多值得重视或是注意的事情，那么这些事情究竟是什么呢？我思之久久，心弦微动。

编辑前辈淀川女士说："抑制力比什么都重要。除此之外，就是要舍弃多余的自尊。"

抑制力是最重要的。在生活和工作中，人们总是难免与他人交流。与人交流时，我们绝对不能闭目塞听，对别人的意见和想法采取全盘否定的态度，而只坚持自己的主张。要抑制过剩的自我，要用坦率的心去倾听别人的意见和想法。所谓抑制力，就是要抑制住我们的私心，努力去理解和接受他人。

无论发生什么事情，我们都能从他人那里学到一些东西，获得一些成长。淀川女士说，缺乏抑制力的人，就无法再继续成长了。

所谓的抑制力，并不是要我们对任何事情都加以服从。抑制自我和绝对服从的含义完全不同。所谓抑制自我，是要对他人常保敬意，是以开放的心态从他人身上学习到有价值的东西，也是一种进一步确认自己的意见和想法的心情。我们要从喜欢的事物中享受快乐，从讨厌的事物中学习和成长。

很多人都认为，如果不强调自我就会输给别人，就无法获得别人的承认。其实，即使无法与他人好好沟通，也不要一味把自己推到别人前面，而是要先敞开胸怀接受他人的观点，把别人的意见和想法作为自己的精神食粮，再从中选择符合自己个性的意见和想法，这样也许会更稳健。

舍弃多余的自尊是什么意思呢？如果自尊心过于强大，就很难构筑丰富多元的人际关系。与他人相遇相交，会给我们的生活和工作带来温暖。自尊心过强的人往往不愿承认他人，也不愿再有新的邂逅。这时候，不管一个人有多大的才能，他的人际关系也会变得狭小空洞。

丰富的人脉是生活和工作中不可或缺的宝物。自尊心当然可以增强自信，但在社会生活中，自尊心却有不少害处。我们要时常牢记，不要表露过剩的自尊心，要对社会和他人敞开心扉，与他人培育深厚的感情。为了自己今后的成长，我也会时常自省。

淀川女士说，从工作中能看出一个人的心性。因此，我们要经常锻炼自己的心性，努力提高工作和生活的质量。

为了磨炼心性，我们要尽可能地接触文化。文化是美好的。多看书，多听音乐，多欣赏戏剧和电影，多接触大自然，不仅可以磨炼心性，也能够培养我们的灵感和品味。只有日常生活才是培养心性和品位的最佳之处。

在交流会的最后，淀川女士说道："最近，市面上有很多便宜的衣服出售。我倒认为，与其花钱买五件这样的便宜衣服，还不如用这笔钱买一件能穿得住的好衣服。"

抑制过剩的自我，抛弃多余的自尊。磨炼心性和品味。淀川女士的这一席话，其实也适用于所有人。我衷心感谢淀川女士。

多亏了电脑、手机等通信工具，如今，任何人都能获得数不胜数的信息和知识了。但是，这些信息和知识的数量和我们自身的丰富充盈不完全相关。我认为，所谓的"丰富充盈"的生活，就是无论何时何境都能保持乐观的心态，以及顾虑和体贴他人的内心感受。所谓美，就是对任何事情都抱有兴趣。然后，要牢记淀川女士说过的话，抑制过剩的自我，舍弃多余的自尊，磨炼自己的心性和品味，与他人一起分享生活中的喜悦，共同前进、共同成长。

我们要感谢生活中遇到的所有，要常常记得微笑，保持身心的健康，也要认真审视生活，用心工作。

今年也鼓足干劲向前进发吧。

以后应该思考和学习的事情

我常常想，这世上被认为"毋庸置疑"的事物实在太多。比如日本的住宅政策。

众所周知，日本住宅的耐用年限是三十年左右，与日本一洋之隔的美国住宅耐用年限是一百零三年，英国是一百四十一年，法国是八十六年。这种差异又意味着什么？

答案很简单。美国、英国、法国住宅的资产价值会比日本住宅更加稳定。即使是二手房，美、英、法三国住宅的资产价值也不会大幅度下降。而日本的住宅一旦超过了耐用年限，其资产价值就会一个劲下跌。我存够了首付，好不容易才用最长还期为三十五年的贷款买了一套房子，可是等我还清贷款后，房子的资产价值就几乎没有了。我不由对此心生质疑。美国不动产的 85% 都是二手房，这一点也可以理解。因为美国的不动产价值下降缓慢，所以能够很好地进入市场流转。

另外，日本的继承税很高。即使有人从父母那里继承了住宅，也需要先向政府支付高昂的继承税和固定资产税。因此，也有很多人选择放弃继承父母的财产，自己挣钱买房。

换句话说，就是扔掉旧的东西，创造新的财富。而从另一方面也可以看出，制造更加优质耐用的产品的社会意识还没有在日本社会扎根。住宅耐用年限也关系到街道景观。只耐用三十多年的房屋和公寓就像塑料模型一般地拆了盖、盖了拆。如今，建筑工地前的投币式停车场和围了栅栏的建筑工地几乎随处可见。赚到了钱的只有住宅制造厂、房地产商和银行。抱着一辈子只花这一次大钱、花了钱就要好好住一辈子的心思买房的我们，其实是吃了亏的。因为我们倾尽毕生财力购买的住宅并没有得到充分利用。

我有一位在美国生活的朋友，他和我同年出生，今年都是四十二岁。我们大概一年能见一次面，每次见面时，我们一定会谈到各自的理财计划。到了四十岁以后，我的这位朋友开始认真地学习理财，其实也就是在考虑到了晚年时要依靠什么生活。他问我以后打算怎么办。我回答说，我没什么大钱，随后便不知该说什么好了。见我回答得如此坦诚，他告诉我，资产并不只是不动产、股票、储蓄金这些东西。实际上，我们至今为止的工作经验和实际工作成果也是看不见的资产之一，我们应该好好考虑今后该如何运用这份无形资产了。到了四十岁以后，我们就要依靠自己一直以来付出的时间、经验、智慧来生活，说白了就是运用这些无形的资产，靠这些无形资产的"利息"去生活。每个人都应该有一份切实可行的、以四十岁为起点的生活规划。否则，我们就只是为了明天、后天的生活费而继续工作，草草终此一生。这种不知所谓的埋头苦干难道就是所谓的"日式美学"吗？

日本的政治、行政力量是有限的。在如今的社会，我们应该认真考虑今后的理财方法和时间管理方法，思考当下的自己应该为了理想生活做些什么。买高级车、买名牌货、买注定没有升值空间的公寓和住宅，一想到很多人都把这些东西当作人生的目标，我就觉得悲哀不已。因什么而满足自然是因人而异的。但是，如果只满足于名片上的几个头衔，或是满足于价值微薄的不动产，幻想着房价说不定哪天就涨了，自己也能靠卖房子赚上一笔，这样的人生，我真觉得毫无意义，甚至令人厌恶。

读者朋友们，人生中有很多值得学习的东西，生活的目的并不是工作，也不是消费，而是将人生的智慧烂熟于心、应用于行。希望大家能够牢牢记住。

思考可取之处

回想一下自己的运动经历，从小学二年级起，我就开始学习柔道。我去的道场跟接骨医院在一条街上，距离我家有三十分钟的脚程。练习的时间是每天下午五点半到六点半，每天一个小时，每周去三天。到了冬天的时候，天黑得早，回家的时候往往天已经黑了。对那时候的我来说，没什么比走在黑漆漆的路上更痛苦的了。因为害怕，我就拜托比我大两岁的姐姐陪我一起走回家。我的柔道学习一直持续到我上初三那年，我通过讲道馆审定取得了柔道初段。

年少时的我除了学习柔道之外，还热衷于打棒球。上小学五年级时，我加入了一个小学生棒球联盟。在这之后，每个周日我都会在球场上拼命练习，即使球场的泥土把我的衣服都弄脏了也不肯停下来。于是，我深深记住了棒球碰到身体时的硬度和疼痛，可是我的球技没什么进步。后来，我的棒球生涯在还没发芽结果时，就悄然结束了。

诸君若是看了上述我对于柔道和棒球的描写，也许会以为我的运动神经很好。其实，我的运动神经跟普通人没什么区别，只不过是我的憧憬和梦想太大，总是不知道量力而行，往往不假思索就跳进了一个新的领域。等到撞见严酷的现实时，我又会变得很沮丧，向父母大吐苦水。我并不愿意就此抽身，可是当被人问及那些运动是否有趣的时候，我也没办法违心地点头。

尽管如此，我还是改不了我那"想到什么就抑制不住地马上去做"的性格。进入高中后，在高中二年级之前，我都隶属于学校的橄榄球部。不知是我的运气太好还是太坏，我所在的橄榄球部是能够参加全国大会水平的强力俱乐部，于是，我一年到头几乎每天都在练习，休息的时间只有除夕前后的三天。高中时代的运动经历是最辛苦的，此后我再未经历过比当时更辛苦的运动。在橄榄球的世界里，能够参加常规比赛的队员为"第一"，补缺成员为"第二"，其他成员则是"第三"。但那时候，我始终在"第三"梯队的末尾徘徊，始终没有进步。为了练好橄榄球，我每天奔跑、摔倒、撞人、哭泣……这种伤痛如此之多，我之后的人生再没有过。不过，当时的我并不知道这其实已经超过了自己能承受的运动强度。挑战自己的极限是好是坏，我至今也不太确定。如果可以的话，我还是希望当年的痛苦经历只是一场梦。

如果说体验过的这些运动给我带来了什么好处，我想就是锻炼了我的持久力吧。换句话说，就是可以跑马拉松。虽然我想跑多久就能跑多久，但是跑得不快，所以也当不了职业马拉松选手。但是，如果只要求坚持跑下去的话，我能比橄榄球部的王牌选手跑得还持久，这也是一项值得自夸的优点吧。

我很喜欢按照自己的步调跑步，一边跑一边在脑海里天马行空，或是思考一些事情，或是干脆什么都不想，只是漫无目的地跑下去。每当我出门慢跑时，我都会觉得心情非常自由舒畅。我感觉自己就像是《龟兔赛跑》里面那只慢吞吞的乌龟，虽然跑得不快，却似乎能永远持续跑下去。

步入社会之后，我开始像从小讨厌运动的人一样，变得有些厌恶运动了。自从工作以来，我以工作繁忙为借口，完全没想过要锻炼身体。

虽然我拥有很长的运动经历，但是直到今年，我才开始重新跑步。这十几年来，每到新年休假的时候，我都忙于写稿工作，没有运动的时间。不过，今年年假我什么也没有安排，只希望能过一个普通的新年。我想，若是想在今年有什么改变，那就从元旦开始着手去做吧。时隔多年，我终于再次开始跑步了。

刚开始运动的时候，久未锻炼的身体状况太差，跟不上运动的强度。没跑一会儿，我的身体就变得很难受，以至于不得不跑一会儿、走一会儿。可是，持续运动一周左右，我的身体状况就好了很多，也不必再跑一会儿、走一会儿了。后来，我甚至觉得自己的身体状况又恢复到高中时代的水平了。虽然我跑得不快，但我却能感觉自己精力充沛，仿佛能一直跑下去似的。不过，因为我还有工作和生活，所以也不可能跑一整天。最后，我决定每天早上都出门晨跑一个小时。到了四十多岁时，我一度中断的运动习惯终于续上了。

直至今日，我每天早上都会出门跑步。在工作中，我也经常累得满头汗水，可是那种感觉并不会令人舒服。然而仅仅一个小时的晨跑，流汗的过程却能让人身心舒适，真是令人惊讶。我常常一边晨跑，一边在脑海里考虑着各种有用或无用的事情。在跑步的时候，即使是脑袋放空也很快乐。更重要的是，我再次找回了少年时代通过晨跑发泄压力的爽快感。跑起来之后，讨厌的事情也好，辛苦的事情也好，痛苦的事情也好，它们所带来的压力虽然不会从脑海中彻底消失，却能因此减轻不少。跑完后，我总感觉心里平静了许多。特别是在拂袖擦干汗水的时候，仿佛连自己心中的杂质也一并擦净了。

恢复晨跑之后，我的慢性肩膀酸痛、后背疼痛、慢性头痛等老毛病也都不治而愈了。我的体重也下降了不少，早上扎皮带的时候甚至可以往后挪动一个孔了。这样看来，跑步的确是一件好事。跑步还给我的工作带来了几分亮色。

小时候的自己或许还有别的优点，如果还能再找出来一点可取之处的话，我会非常高兴。如果忘记了自己当年的可取之处，就努力回想起来吧，这一过程必将有助于恢复自信。

听过这样一则教导，当你失去自信的时候，就试着去做一做自己擅长的事情。根据我的亲身体验来看，此言诚然不虚。

那么，那么

　　写下这篇文章时正是六月末，东京正迎来迟来的梅雨季节。不，是刚刚进入梅雨季节吗？我坐在编辑部的座位上，望着眼前的四个大窗户，以及窗外那些小小的屋顶。北新宿的屋顶像马赛克一样重重叠叠，郁郁葱葱的树林在湿润的风中摇曳生姿，树叶也像人在点头一样一下一下垂着。一天当中，我总会几次停下手头的工作，漫无目的地凝视窗外的景色。我用手托着脸颊，口中轻轻地嘟哝着，目光投向窗外的树木和天空。

　　人们总是在不断地思考这样一个问题——人类究竟在什么时候才会感到真正的幸福？我认为，幸福只存在于我们和他人之间建立起深厚关系的时候。然而，我却不想轻易地接受这个看似理所当然的答案，也不想就此结束我的思索。因为我知道，在既定答案的前方一定还存在着别的回答。因此，我不想马上放弃我的思考。不管付出何种代价，我都想看看那道跨越了思维界限的明亮景色。我相信，那里的天空，一定是宽广无垠的。

　　无论《生活手帖》是一本多么平凡的杂志，我都希望能把这本杂志做得越来越好。为了能让每一位买到它的读者都看得开心，我该以怎样的态度、怎样的心情、怎样的方式来工作呢？在思考这个问题的时候，我感觉自己就像是不带地图到一个陌生的地方去旅行一样，心里既不安又兴奋。每一天，我都在锲而不舍地寻找着这个问题的答案。我不想停下我的脚步，即使不得不停下脚步稍事休息，我也总想尽力往前进一步，再进一步。一边迷茫，一边向前行走。因为我总觉得这条前途未卜的求索之路很让人委屈，委屈的个中缘由一时也写不清楚。抛开生意、得失、名誉等因素，恐怕最大的原因就在于好奇心和探求心。正是这种好奇心和探索心，使得这段"旅行"更加飘摇无依、前途难料。现在回想起来，我开始做编辑的时候，就是这段"旅行"的开始。在"旅行"开始之前，我舍弃了许多东西，也纠正了自己的内心，让自己尽可能地轻装上阵。但是，无论我们如何调整自己的状态，一旦真的开始，我们仍然会不断惊讶于自己体能上的不足和心智上的幼稚。而这段"旅行"仍在继续，我才刚刚走完了一小段路。

伏案久坐，忽然抬起头，朝窗外看出去，才发现居然下起雾雨来了。

今日微雨。

了解与思考

　　三十岁以后，我才知道思考到底是怎么一回事。在这之前，我一直认为，对什么事情，只要到了解的程度就足够了。在我二十多岁的时候，比起思考一些事，我更忙于去了解。今天比昨天多了解一件事物，哪怕只有一件，我也感觉自己是在向前迈进的。这种感觉让我很开心。

　　现在回想起来，才发现那时的自己为了了解居住地以外的地方，采用的唯一手段就是旅行。可能我这么说有一些夸张，但是这是事实。我不停地走、看、听，用自己的眼睛去观察，用自己的耳朵去聆听，用自己的双手去触碰，然后才能将新知识的种子种下。但是，去了解想要了解的事情并不容易。即使是旅行，事前也要准备很长时间。比如，该准备些什么，如何去准备，做什么样的计划，要怎么去，等等。我们周围很多事情都不是干净利落地就能完成的。比如制作一份完美的时间表。我很佩服为了旅行而事先准备时间表的人。当然，电话簿也是如此（还有，我觉得电话簿就是最好的旅游指南）。现在回想起我的十几、二十几岁，我也只能想起那些外出旅行的日子。

最开始对旅行产生兴趣，是在我八岁的时候。那一年我领着我养的狗一路走到了临近的城镇。那时候我心想，临近的那座城——说白了，就是一条宽阔马路的另一侧——到底有什么呢？这种感觉正是想要了解事物的心情。虽然来回路程不过四五个小时，但是这场旅行让我懂得了一些道理：如果有想要了解的事，就直接迈开步子出发，自己去确认一下就好了。这个过程还挺有趣的。而且，我还从中体验到了在日常生活中从未体验过的一种不安与快感交融的刺激感。用一句话来概括，就是心跳不已。

因为小时候经历过这样的事，我沉迷于了解周围的事物。了解的过程却一点也不轻松（也因为要花钱）。这个世界或者说这个社会是未知的，生存这件事也充满了未知。也许正因如此，我当时才没有学会思考吧。因为越是去了解，越是无法去思考。以上这些都是我十几年前的经历。

后来，我们的生活中出现了一种方便的工具——网络。我们获得了"网络搜索"这种方便快捷的手段。我们也不必再为了了解周围的事物而奔波。我们可以知道此刻在地球的另一端正在发生什么事，这种感觉简直像梦境一般。那么网络是否真成了我们了解事情的工具了呢？也许不然。

实际上，最近这几年遇到新鲜事物，在大多数情况下，我都会先在心里想一想：事物的轮廓是什么样子呢？等到想要搜索时才会用网络搜索这种手段。除此之外，我对于网络搜索的功能并没有什么印象。在工作中，我也不用。我接下来要说的话可能会显得我有些死板——如果有想要去了解的事，你大可拜托别人帮你在网络上搜索一下，然后由那个人向你转述结果。我觉得这种做法没有自己直接利用网络搜索那么别扭。

现在的我比起了解，会更加因为"思考"而心动不已，所以我一直主动与网络保持一定距离。这样说的话，可能会让读者觉得我是在用傲慢的态度"夸耀"自己对电子技术不熟悉，有"不以为耻、反以为荣"之嫌。的确，我的心里也有一些不安，但是如果把我放置在没有网络的地方的话，我不会因失去网络而觉得麻烦。

前些日子，我读了外山滋比古先生撰写的一本书，书名叫作《思考是怎么一回事》。外山滋比古先生在书里说，知识和思考是合不来的，有了丰富知识的人，就会很容易认为没有必要去做思考这么麻烦的事。而没有知识的人，反而会迫于形势逼着自己思考。我想，正是这本书给了我现在写作这篇文章的灵感吧。书里说得很对。了解事物已经很困难了，而思考事物则更麻烦、更困难。唉，我现在也反省了自己的言行和过往。年轻的时候，我为了逃避更加麻烦的思考，花了太多太多的功夫在了解上。这是多么失衡呀！外山先生在书里也提到了协调知识与思考的方法，不过，像我这种学术不精的人，恐怕还走不到那一步，所以就不去考虑这些了。

现在的我就像一个婴儿一样，刚刚从为了了解而忙碌的状态脱离出来，正不断地在思考的道路上蹒跚前行。所以，我以后的目标就是达到一种了解与思考的平衡。到了现在这个年纪，我想成为的不是无所不知的人，而是能够自由、乐观地进行思考的人。

《生活手帖》不是一本装满知识的杂志，而是一本启发读者思考的杂志。而我希望通过这本杂志，和诸位读者一起思考。

什么才是美景

我的工作室在三楼。

秋日的阳光温柔地顺着窗子照进屋里。我推开窗，让自己的目光漫无目的地飘向窗外，也让那带有干草味道的飒飒秋风流进屋堂。我真的很喜欢这秋冬过渡之间的静谧时节。

美景无处不在。山川也好，河流也好，大海也好，人们居住的街道也好，都可以是一道美丽的风景，而且，它们的美丽一言难尽。

大约在二十年前，我在美国旧金山北滩的一个小角落找到了一家名为"城市之光"的书店。

自由和书籍——至今仍然有很多向往着这两种东西的人们从世界各地赶来这家书店"朝圣"，这家书店也因此愈发有名。

在适宜的地方上演着一桩桩自然而然又自在真实的事情。这就是我对"城市之光"的第一印象。

"你好呀，最近身体好吗，生活辛苦吗？""请好好休息一下。""今天的天气真好啊！""再见，期待下次再相遇。"

在"城市之光"，到处都能听见令人感到温馨的寒暄语。

不仅店里的工作人员会和气地送来问候，互不相识的客人也会带着笑容问候同为顾客的身边人。人与人之间满是融洽自在的氛围。这是多么自由祥和、自律温暖的地方啊，我不禁感动不已。

因为跟"城市之光"的相遇，曾经我所认为的书店印象被彻底推翻了。

我印象中书店大多是这样的：拒绝只看不买的客人，甚至赶他们快点出去；不许人站在书架边读书；不让小孩子进来，也不让人久留，最好所有顾客都能买完就回家。很可惜，我曾经去过的书店都属于这一类。

此后，我去过美国的很多城市旅行，也去过很多家不同的书店。我这才逐渐理解了书店本身作为"城市之光"，对人们的生活产生了多么大的影响。

卖出很多书并不该是一家书店的目标。书店应该成为一个信息与人的聚集地，让人们能在这里与更多的未知相遇，也能在这里邂逅那些能让他们喜欢上的书籍和经历。当然了，如果书卖不出去也不太好。从一家书店的推销手段当中，也能略窥店主的性格和本事。来书店的顾客，其实是在挑选店主选择的书。所以说，顾客在书店里挑选书，就像在与店主对话。

如果想知道什么事情，不妨先去书店问问吧。比方说，如果便秘的话就可以去书店找答案。每当我旅行在外时，我总会找一找当地的书店，在那里收集当地的气息。书店是一座城市的关键站点，也是城市中最安全的地方——在欧美国家，这是旅人和当地人心照不宣的。

"城市之光"成了我喜欢的地方。我每天都会去书店里看看，读读书、选选书，再坐在椅子上放松一整天。我经常和朋友约好在那里见面，因为那时候的我连去咖啡馆的钱都没有。我跟朋友就把书店里的椅子并排摆好，一聊就聊到深更半夜，真是够瞧的。因为我每天都来店里，店里的工作人员很快记住了我的长相和名字。有一天，一个工作人员像招待家人似的，特别热情地给我冲了一杯咖啡，让我倍感温暖。

书店的二楼有一个装满诗集的房间。因为平时没什么客人上楼来，所以这间房间总是很安静。房间里有两扇窗户，推开窗子看向外面，能看到一条小胡同。不知是何人把一根晾衣绳系在了两边的建筑物之间，只要把头伸出窗外，就能看见绳子上挂满的衣物随风轻动的光景，让人不禁轻叹：这里的住户们过着多么充实又闲适的生活呀。

房间的墙壁上有一个手工制成的书架，微微磨损的木地板上点缀着耀眼的阳光，靠窗摆着的一把椅子上，坐着一位正在安静看书的、长头发的姑娘。

我远远地凝视着那位姑娘，突然觉得呈现在眼前的这一切，真是构成了一番良辰美景。

这番景色并非为了展示给别人看而刻意做成，而是自然而然地形成的。并非刻意展示、不掺一丝虚假，这才是真正动人的景色。

那时的我才终于明白，原来所谓的好景，就是时间，是空气，是自然，是生命，是一切能够传递情感的存在。

你为什么想开书店呢？你为什么想做这个工作呢？为什么要继续编辑稿件呢？你现在所做的一切是为了什么？我经常被人问到这些问题，以前的我总是会回答说："因为我想靠自己的双手创造出一番美景。"在那一天的那一刻，我忽然很想用自己的双手创造出一番与邂逅"城市之光"相同的美丽光景。为了能够让更多的人更自在地做事，我每天都在努力学习、不断精进。

只要稍稍想一想何为好景，便会明白其中佳趣。在堪称好景的景致之中，必定包含着各种各样的人、事和物，也包含着观景人自己。这些元素缺一不可。如此想来，若想欣赏良辰美景，就要让自己先融入景致之中，成为美景的一部分。想要融入美景之中，并不是一个人穿着漂亮的衣服、梳个好看的发型就能做到的。而是要像我在前文中提到的，在适宜的地方自然又自在地行动。永远不要忘记良知与良心，要以一颗诚实亲切的心去生活。

我相信大家都向往良辰美景，但在生活当中，我们却总会在不经意间做出破坏美景的事情，比如说把烟头扔到排水沟里；在路上随地吐痰，随手扔垃圾；看到有困难的人并没有伸出援手；不跟熟人打招呼；不小心撞到别人也不以为意；暗藏心计，时刻想要欺骗别人；在人群中边吸烟边走路……总之，只要是对自己有利就好，至于别人会产生怎样的影响都无所谓，都与自己无关。如果人人都怀着这样的心境，那么美景又该从何处产生呢？自私自利的想法只能创造出令人生厌的景致，如果一个人长期身处令人生厌的景致当中，那么即使有朝一日他遇到了美景，他也会不自觉地破坏这份难得的好景色。这是非常可怕的事情。可悲的是，在现代社会，无论是在公司里、电车上，还是在家里或人群中，满眼都是令人生厌的景色。若是能感知到这份违和倒还好，只可惜，大多数的人早已见怪不怪了。

生活究竟是为了什么？工作又是为了什么？我总觉得，工作和生活一定都是为了创造出令人感到温馨快乐的美景。

希望大家能够时常对自己的生活和工作加以反思：我现在所做的一切真的是为了创造更美好的景色吗？真的能给人带来幸福感吗？如果你正有一些烦心事，不妨试着问一问自己，或许就能找到些启示。

对我来说，所谓美景就是在旧金山的那间小书店遇到的光景。我一生都不会忘记这份美丽，且会像珍藏护身符一样将它好好保存。无论我以后在哪里、做什么，它都会成为我的理想和指引。每天都能遇到美景是多么幸运的事情，我想每个人的心中一定都藏着许多不为人知的美景，希望我的这篇文章能够唤起你对那些美景的记忆。所谓美景，并不是刻意营造出来的，而是由自己创造出来的，自己也会成为那风景的一部分。

我打心底里想要和大家一起携手并进，共同为创造和谐美丽的风景而努力，到那时，我们再一起相约去欣赏那美丽绝伦的景致吧。

おいしいおにぎりが作れるならば。

和联多

一个关好

相的个

钱是什么

钱是什么？

如果向成年人提出这个问题，应该会被笑话吧！可是，对于这一问题，每个人的答案一定各不相同。因为金钱与每个人的工作和生活关系密切，同时也与我们的人生息息相关。

无论经济情况是否良好，我们总是为了金钱而奔波劳碌。想想那些犯罪案件吧，众所周知，大部分犯罪分子都是为了钱。"有钱能使鬼推磨"这句话早已是老生常谈了。

金钱是人类生存下去的工具。有了钱，人们就可以更方便地达成自己的某种目的。那么，我们是否可以就此断言：金钱是生活用具的一种呢？这种说法的确聪明，却有些寡淡无味。如果仅仅把金钱定义为跟铁锅、菜刀一样的工具，我总觉得少了些什么。

在日本，金钱就像"绅士协定"一样令人闭口不谈。因为，一旦对金钱的话题稍微多说了几句，就很容易被人看作重利轻义的小人。哎呀，金钱明明是很重要的东西，人们却谈之色变，真是奇怪。因此，日本人在进行金钱交易的时候也只会说一句"请多关照"就了事，仿佛具体金钱数额是不可说的禁语似的。

正因为是这样，每当我在别人面前若无其事地说"我很爱钱"的时候，听的人都会瞪大眼睛。

最近，我开始越来越骄傲地在人前说起这句话了："我爱钱！"

为了表现我对金钱的狂热喜爱，我要特意调转笔锋，讲几个例子。

我为什么会毫无避讳地坦言爱钱呢？那是因为在某一天，我在思考什么是金钱时，忽然茅塞顿开，隐约觉得自己摸索到了金钱的本质。

金钱可以使我们的工作和生活变得更加美丽有趣。我们应该对它深表感谢。这样一想，我们难道不该把金钱视为朋友吗？既然金钱是自己的朋友，那么很多关于钱的烦恼和疑问也就迎刃而解了。

世界上有富人和穷人。那么，富人和穷人的区别是什么呢？如果把金钱视作自己的朋友，那么穷人与富人的区别就可以转化为"朋友的多少"的问题。那么，"朋友多"的人为什么多？"朋友少"的人又为什么少呢？一想到这些问题，我就兴致勃勃。

我在心里暗想，既然"钱＝朋友"，那么要想和"朋友"搞好关系，就不能做那些容易让"朋友"讨厌的事情。这和人际交往的道理一样，要想让朋友喜欢上自己，就要不断调整自己的言行举止。

首先，要珍惜和体贴我们的"朋友"。不要强求"朋友"更多，不能对"朋友"撒谎，也不能违背与"朋友"之间的约定。多做一些能让"朋友"高兴的事，思考如何与"朋友"之间互利互惠、共同成长。不断增进对"朋友"的了解，对"朋友"常怀感恩之心。

其次，要信赖你的"朋友"。能够增进朋友们之间友谊的办法是无穷无尽的。不过，本文当中所提到的"朋友"指的都是金钱，因此，请各位在阅读时自动将金钱代入其中，逐渐接受"钱＝朋友"的说法。

我见过一些善于理财的富人。他们珍惜金钱、擅用金钱，而且绝对不会用金钱去做坏事。因此，金钱在他们手中能够不断发挥自己的活力，能够全力帮助这些富人渡过难关。如此一来，人与金钱之间的互惠共生关系就形成了。

我还见过一些不善理财的穷人。他们看不到金钱的真正价值，浪费金钱，一旦有钱了就要做坏事。手中的金钱无法发挥积极性和创造性，在他们遇到困难时自然也无力提供援助。于是，这些人便陷入了"没钱—发牢骚—更加没钱"的恶性循环当中。自以为是深受金钱所累的他们自然就会更加讨厌金钱了。

我不断反省自己：我有没有对金钱这位"朋友"做过"己所不欲"的事情呢？现在的我是否与"朋友"保持着良好的

关系呢？

我不知道现在的自己是否博得了"朋友"的喜欢，但是在我年轻的时候，这位"朋友"应该挺讨厌我的。那时候的我总是把钞票和硬币胡乱地塞进口袋，只要有点钱就花得一干二净，而且全都花在了满足物质欲望上面。年轻时的我对金钱既没有热爱，也没有什么特殊的情感，更别提尊敬金钱了。为了活下去，那时候的我甚至常常不得不借钱度日。

父母总是会这样告诫我们："在家靠父母，出门靠朋友。所以，一定要珍惜你的朋友。"现在想来，此言着实不虚，人生确实是这样。

老实说，虽然本文通篇都在讲着"金钱、金钱"，但我的本意并不是希望各位将金钱视为工作或生活的全部。不过，我仍然希望各位能够在心中认可金钱是我们的朋友，不要再做那些会让"朋友"讨厌的事情。请珍惜我们这位特殊的"朋友"吧！以后不妨多考虑一下这位"朋友"会喜欢什么，与它和谐共生、互利互惠。

在理解了金钱的本质之后，在一些场合当中，我终于能够挺起胸膛骄傲地说"我爱钱"了。从现在开始，我要时刻顾虑金钱这位朋友的感受，这样一来，即使现在的我仍然受穷，但总有一天，我一定会让金钱喜欢上自己。我希望能与金钱成为一生的至交好友。

沟通的目的是向对方传递自己的情感。有些人之所以会在人际交往，或者是其他沟通过程中遇到问题，是因为他们对对方的情感不足。如果能对此有所反省，在此后的沟通中投入真情实感，自然就能找到解决问题的突破口。由此可以推理得出，很多人之所以对金钱抱有种种困惑和烦恼，其实主要是因为他们对金钱的认识不足，投入的感情也不够。

在购物的时候，要时刻想到金钱是我们的朋友。它们为我们换取了想要的商品，所以，我们也应该还给它们一个友善的微笑。每次购物时，我都会牢记这一点。这当然有些麻烦。可是，如果我们仅仅把金钱当作每天在便利店换取果腹便当的工具的话，金钱一定会为我们的敷衍而伤心。不妨稍微花点时间，买一些新鲜食材回来做饭吧！保持营养均衡、认真享受生活，金钱会很高兴的。

另外，要时刻记得将纸币的方向保持一致，并把它们放在保养得干净锃亮的钱包里随身携带，而不是把纸币胡乱一折，塞到口袋里了事。这样一来，金钱一定会很高兴，也会更加喜欢我们。

金钱绝对不是一种工具，而是我们的朋友。金钱总是时刻关照着、帮助着我们，那么我们又该如何报答它们的好意呢？为了增进与金钱之间的友谊，为了能够让金钱更加喜欢我们，我们也应该不断加深自己对金钱的了解呀。

从今天起，开始做出改变吧！哪怕一天只改变一点点也好，做一些能够取悦金钱的事情吧！让我们学会感恩金钱，过上与金钱和谐共生的生活吧！在与金钱这位好友的沟通和相处过程中，在金钱不断积累的过程中，我们一定会得到成长。因此，比起一个发愁自己账户里钱多钱少的人，我更想成为一个能够被金钱所喜欢的人。

此时此刻，我真想跟金钱成为一生的好友呀。

我爱钱！

购物就是找朋友

虽然俗话说"好了伤疤忘了疼"，但在四月初患上花粉症的经历却实在令我难忘。跟疾病做斗争的过程真是太痛苦了。特别是在每天早上醒来时，我的鼻涕和泪水都会止不住地往下流。此时此刻的我也是一样，早上一睁开眼睛，就开始"涕泪横流"，看起来可怜兮兮的。自从患病以后，我的脑袋总是昏昏沉沉的，无法集中精神；我的嗓子肿了，眼睛睁不开，胸口很闷，总是感觉喘不过气来……在这种身体状况下，别说是工作了，简直都要活不下去了。去年，我还在患花粉症的朋友面前挺起胸膛夸耀说，自己往头上扣满满一桶花粉都没问题。如今想来，当时的我是多么愚蠢啊。

今天早上，我在小区附近散步的时候，发现有一户人家在屋檐下的花坛里种了几种香草。如果放任这些香草肆意生长的话，它们就会迅速伸长枝叶，彼此缠绕交错。美则美矣，却十分凌乱，让人无从修整。比如迷迭香。然而，这家人花坛里的那些香草却被人修剪得恰到好处，各自充满了生长的喜悦。正因为经过了人工修剪，这些植物才能够面向蓝天舒展四肢、茁壮成长。我不禁感慨："这家人正是和植物保持着和谐共生的关系啊！"随后，我想起了之前一位与我探讨过病情的花粉症病友的话。

"你要是想治好花粉症，就得学着跟植物'搞好关系'。现在的你就是因为没有学会跟植物和谐共处，所以才会得花粉症。听说那些每天跟植物打交道的人很少有患花粉症的。"

"原来如此。"

我站在那家人的花坛前，若有所思地点了点头。虽然我有缓解花粉症病状的药物，也有对抗疾病的良方，不过，在用对抗的态度面对植物之前，我必须先学会与植物保持和谐共生的友好关系。不对，应该说是先跟植物们和好吧。

现在已经入秋。虽然到目前为止我的花粉症还没有复发，但是身居城市的我还是想尽可能多地接触大自然，享受与花草树木的每一次相遇。如果有机会的话，我甚至还想跟它们成为朋友。虽然这种想法是源于想要治疗我的花粉症，不过作为一名园艺初学者，我也很享受跟这些植物交朋友的过程。这样的我是多么有趣呀！

说起朋友，我又想起了这么一件事。我这几年不怎么出门购物了，比如衣服、随身饰品或是一些满足日常消遣的东西，我都不怎么买了。特别是衣服，不知从什么时候开始，我养成了每个季节都要买新衣服的习惯。结果，我每次打开衣柜时，都会发现里面堆积着很多我从来没穿过的衣服——既然没穿过的衣服堆积成山，那我为什么还要再一件接一件地买新衣服呢？就这样，我在某一天突然觉醒，发觉自己以前的做法实在可笑透顶。于是，我把衣柜里多余的衣服都处理掉，只留下了必要的几套衣服。然后，我以此为契机，开始了一项为期一年的、暂时不买东西的实验。我想看一看不购物的我会不会因此而产生困扰。

　　就这样，一年时间过去了。大家猜猜实验的结果如何呢？结果就是，不买东西并不会给人造成任何困扰，甚至可以说，不购物的生活反倒让我感觉轻松了很多。这真是我从未预料到的结果。真的，现在的我终于如释重负地抬起头、用清爽的笑脸仰望天空了。

　　我们生活在一个消费至上的社会当中，因而也或多或少地会被流行趋势所左右。当我们终于从流行趋势的禁锢当中获得解放时，我们能体验到一种前所未有的舒适感和自由感。如果我们能坚持在一年时间里不买衣服、饰品之类的东西，那么再往下坚持第二年、第三年也就容易得多了。我开始不买东西的实验，到今天为止已经过去四年了，但是我一点都没感到困扰。在这段时间里，我只买过一些袜子和内衣之类的小物件，外套和西装并没有添置过新的。不仅如此，我衣柜里的西装、外套反而还比以前少了很多。这是因为我从刚开始实验的时候，就处理掉了那些估计以后都不会再穿的衣服，只留下了可能还穿的衣服。长此以往，我的衣柜里就只剩下那些我真心喜欢且质量上乘的衣服了。而且，因为衣柜里的衣服所剩无几，出门之前再也不需要烦恼该怎么穿搭："夏天时就穿这件和那件，等冬天到了就穿那件和这件。"真的轻松了不少。由此，我忽然想到——朋友其实也是贵精不贵多呀。

如果身边的东西用的时间长了，就会像我们的老朋友一样。到现在为止，我在社交场上结交了很多朋友，可是仔细想来，这其中的绝大部分人也只是泛泛之交而已。我本应该多花些时间在那些真正重要的朋友身上，跟他们认真交往呀！就像下定决心不乱买东西一样，只有跟那些不必要的东西彻底"断舍离"，我们的生活和内心才能变得简单又充盈。

在与人长期交往的过程当中，我们难免会遇到伤害，甚至会跟友人关系破裂。即便我们小心维护，一段感情也终归有它的寿命，无法永远保质保鲜。如果跟对方的缘分尽了，那就不要再委屈强留，再去找新的朋友就可以了。

由此，我恍然大悟——买东西就跟找朋友一样！这么想的话，会不会觉得很兴奋呢？打个比方，假设你有一件陪伴了你很久的毛衣，多年来你缝缝补补地穿了它二十年。终于，它再也没办法缝补了。于是，你像与感情深厚的老友分别似的，伤心地扔掉了它。然后，你走进商场，满心想着："好，那么我就再去寻一件跟它一样能陪伴我几十年的'朋友'吧！"

购物绝不是为了消除压力，也不是为了摆谱铺张，而是在享受这种邂逅的过程，这也是它的魅力所在。

　　我想对那些时尚品制造商们说几句话："希望你们能跳出流行的怪圈，用心设计并制作出兼具优质和功能性的、充满人文关怀的服饰。我们这些消费者真的不想再增加无用的衣服了，我们也不想在每次换季时都买新衣服了。希望你们能为我们设计出值得爱一辈子、穿一辈子的衣服，并且提供终生维护的服务。虽然如此一来，你们卖出的产品数量会大大减少，但是你们的付出会为整个社会带来新的生机，你们的品牌也会获得更多的支持者。请你们考虑一下我的提议吧！对消费者来说，购物的过程就是在寻找重要的'朋友'。"

　　接下来，我们来换个话题吧。前几天，诗人大野直子送了我一本她创作的诗集。我读完之后，一股温馨和感动之情便在不知不觉间充满了我的心灵，让我一时竟找不出言语来形容自己的心绪。大野女士既是一位优秀的诗人，也是一位家庭主妇。她的这本诗集是自费出版的，书名是《沉默寡言的家·希格勒特多尔哈》。书中有一首名为《味噌汤》的诗令我最为印象深刻，这首诗充满了生活的兴味，无论读过多少遍，我都会情不自禁地被诗中那种生活感所折服。我谨在此将这首诗摘录并介绍给诸位。

味噌汤

大野直子

要想把味噌汤做得更好吃，

诀窍就是在白玉当中撒入一撮晚霞。

味噌的云层滚滚晕来，青葱的苇原随波荡漾。

蚶贝发出一声青涩的叹息，旋即纵身跃入锅中，

变成一汪傍晚的汽水湖 ①。

它强忍着一整天的苦笑，向着盖子顶儿爬去，

爬呀爬，爬呀爬，

终于和那腾腾的热气一起，

被端上了餐桌。

---

① 指河流入海口方圆地带的湖泊，表层多为淡水，底层多为海水，所以也叫半咸水域、半咸水湖。

谈报恩

有时候我会强烈地感觉到，人是无法脱离群体独自生活的动物。在知道人类不能脱离群体而活后，我们也不会因此而感到束手无策，仍然平静地度过每一天。但是，总有一些时候，我们会突然觉得内心深处的孤独如潮水般涌出，我们也开始厌恶一个人生活的日子。被孤独没顶的时刻，往往是在偶然间得到了他人的温柔安慰或是善意的帮助时。

我以前在某杂志上读到过这样一则故事。

有一个学生家境贫困，穷得连教科书也买不起。有一天，这个学生拜访了住在附近的一位老人。那位老人的生活也不富裕，甚至可以算是人生的失败者。但是，对这个穷学生来说，老人是他唯一能敞开心扉倾诉心曲的对象。老人一生没有结婚，仅仅靠着打零工和微薄的养老金维持生计，是一个被社会排斥在外的人。穷学生向老人讲述了现在的困境，又抱怨了高昂的学费和教科书费用。说完之后，他又问老人能否借给自己五十万日元渡过难关。老人耐心地听完了学生的话，然后用力点了点头，二话不说就把五十万日元借给了穷学生。这笔钱原本是他积攒多年以备不时之需的。

穷学生说："谢谢您的慷慨。但是老实说，我也不知道自己什么时候才能把这笔钱还给您。"

老人回答："确实，对一个学生来说，要还五十万日元真是很不容易呀。那就这样吧，这笔钱就不用你还了。如果以后有一天，有人向你求助的话，我希望你能像我今天帮助你一样尽全力帮助那个人，就当是在归还今天的债务。"

后来，毕业后的穷学生步入社会、事业有成，终于过上了再也不必为金钱所困扰的优越生活。成为成功人士的他说："如果有人向我求助，我一定会不遗余力地去帮助他。一直以来，我也是这么做的。在帮助别人之后，我也会跟对方做一个和当年一样的约定——借出去的钱可以不必归还，但是，我希望今天接受我帮助的人，以后也能不遗余力地去帮助其他人。我希望这份对待他人的善意能够不断传递下去。"

也许有人会说，现在大多数人都在为自己的事情竭尽全力、自顾不暇，哪里还有多余的精力顾得上别人？然而，帮助别人绝不只有"借钱"这一种方式。我们走到今天，一定也得到过别人的帮助。无论是多么微不足道的帮助，只要在回想到的一瞬间，就能重温当时被救赎、被治愈的温暖，这就是最值得珍惜的善意呀！我们也应该时刻怀着感谢的心情，尽可能地回应这些生活中的小善意，把从别人那里得到的"温柔之火"继续传递下去。我们的祖祖辈辈，就是如此才得以生生不息、代代相传的。

在工作和生活中，我们不免要与许多人产生接触。在竭力完成工作之前，我们要记得时常感谢别人的付出。因为这种对他人的感谢之情将会成为一段人际关系的生命之光，照亮我们的人生。每当自己被他人求助时，我就会不由地想起自己曾经求助于人的经历。常常有人问我，为什么要那么不遗余力地帮助别人。我不知道该如何回答这个问题，也许就是因为我不想辜负那些曾经帮助过我的人们吧！

当别人向自己求助的时候，我们会怎么想？我总是对自己说，我要把当年从他人那里得到的善意传递下去，这也是我对曾有助于我的人最好的报答。不管求助于我的人是我的好朋友，还是素昧平生的陌生人，我都会平等视之，不遗余力地去帮助对方。因为，如果我放任自己冷眼旁观的话，我就会逐渐习惯旁观者的冷漠视角，也就无法再接受他人的善意了。封闭自己的内心，是世界上最寂寞的事。

最近几年，听说被诈骗的老年人有很多。我很想帮助他们。人与人之间的互帮互助是人类社会不可缺少的重要力量。或许，骗子中的有些人会在偶然间想起自己曾经欺骗过的老人们，每思及此，他们的心里会做何感想呢？我们正是在与他人的互助互惠当中才得以生存和延续的。因为从别人那里得到过温柔，自己才对其他人报以温柔和宽容。我想，这就是年轻一代最应该自豪的特征。

在编辑《生活手帖》这本杂志时，我始终抱有这样的工作态度。或者说，我的工作一直以来都是靠着这一个想法支撑着："哪怕只有一点也好，我都希望自己的作品能对读者们有所帮助。"

对我来说，这样的想法是出于对大家的一种报恩。如果这种想法能够继续传递的话，那真是太让人高兴了。毕竟，人是无法独自生存于世的呀。

相生

　　前几天，一位旅居巴黎的朋友送了我一盆赏月草。盆栽很好看，每到傍晚时分，赏月草就会绽出纯白色的小花。到了夜幕降临时，白色的小花又会变成粉红色的。这可爱的盆栽真给我的夏天增添了一抹亮色。朋友说，巴黎人以七月十四日国庆节为界限，国庆节之后往往都要去度假。这样说来，现在应该正是巴黎门可罗雀的悠闲时期吧。

　　不知从何时开始，我越来越不爱看电视了。我的眼睛是远视，所以一到下午的时候，我的眼部肌肉就会开始疲劳，等到了傍晚时，看东西就变得很模糊了。而且，即使我把工作上的任务忙完，回到家之后，我也有一大堆杂事得处理。好不容易把一切处理好，终于可以放松一下时，往往也已经深夜时分了。其实，在稍事放松的时候，我也不太想打开电视。因为最近的电视节目里似乎总是那些熟面孔轮番上阵，无论调到哪个电视频道，见到的都是那么几个人，所以也没什么看头。新闻频道也没什么意思。如果不对新闻内容加以辨别，就会囫囵接受了那些不知真假的新闻消息。因此，我毫不犹豫地远离了电视。

我的深夜消遣是读书或者听广播，再不就是写一写流水账似的杂记。把今天经历过的事、突然间想到的事、不想忘记的事等等统统写在纸上，即使字迹潦草到除了自己以外的人都读不懂也没关系。虽然因为字迹过于潦草，过了一段时间再看当时的手稿，可能连自己都读不懂当时究竟写了些什么。但是在一天的烦琐结束之后，漫无目的地拿起笔来信笔作文，是一件千金难换的乐事。这一点是毋庸置疑的。

　　在纸上随性写下自己的思考或感悟，也能够丰富自己的生活，理清自己的思路，在自己零零碎碎的想法当中抓住核心部分。闲暇之时，不妨扪心自问："我在想些什么？""我感受到了什么？"由此便会发现，能够清楚地认识自己的内心是一件多么不易又是多么重要的事呀。

　　如果不信的话，你可以抽出一天时间，试着把这一天当中在你脑海里出现过的所有想法全部写在纸上，这样一来，你就会明白我的意思了。你也将因此发现那个一直以来都未曾注意到的、真实的自己。综上所述，我们只需要不断审视自己脑海中的想法，再从中筛选出有助于自己成长的想法就可以认清自己。摒除错误的思想，保留有价值的想法，长此以往，我们就能慢慢掌握调控思维的能力，我们的生活也自然会向更好的方向转变。读书或者是听收音机的时候，手边也可以准备好纸笔，以便把脑海中的"灵光一闪"及时记录下来。

有很多人，即使到了成年以后也不甚了解自己。他们不清楚自己感悟到了什么，也不知道自己到底在想些什么，就这样糊涂地过完了自己的一生。因为不懂自己，他们也往往不善跟他人沟通——沟通能力差的人，其实正是因为不了解自己。因此，我们要时刻注意将精力集中到认识自己上面。在这个内省的过程当中，我们也可以得到很多有助于充实个人生活的启示。

接下来，让我们说回到"相生"这个词吧。我曾在笔记本上写过这个词。我在笔记本上写道：在现在这个时代，即使到了天涯海角，只要有人，就会争斗不断。若是乘着飞船飞到月亮上去眺望地球，想来能够看到的，也只不过是一个充斥着钩心斗角的星球罢了。无论是在几个人组成的"小社会"里，还是在国家之间的"大世界"里，我们现代人所欠缺的，不就是相生共赢的理念吗？我们真的就不能放下干戈吗？

所谓相生，顾名思义，就是要让彼此生存下去。即使一个人选择了离群索居，他也不可能与世界完全隔绝。他总要与世间的花草和动物，或者与水和空气之类的有所联系。

与其他的人或事物和谐共生原本是人类生存的基本准则。但是，很多人的想法则是"自扫门前雪"，别人或好或坏都与自己无关，如果有机会的话甚至还要去役使对方。如今，世人已渐渐对各种怪现象习以为常，比如边走边抽烟，再把烟头随意地丢到马路边的排水沟里；在路上吐唾沫；在拥挤的电车里不耐烦地猛推别人的后背挤出一条路来；逢人就不屑地啧啧咂嘴；为了私利毫无顾忌地欺骗他人或伤害他人……这些损人利己的事情在现代社会层出不穷、屡见不鲜，真是匪夷所思。因此，我想要强调与外物和谐共生的思想。

让我们一起来思考几个问题：如何才能与家人、朋友、恋人和谐共处呢？如何才能与生养自己的故乡小镇、自然风光和谐共存呢？如何才能与公司的同事、部下、上司、客户和谐共赢呢？如果这些目标太过遥远，那么至少我们还可以思考一下，如何跟自己现在所居住的街道小区、如何跟每天与自己相遇的人和事物保持一个互利共生的关系。比方说，如何才能跟某个人搞好关系，诸位肯定有考虑过类似的问题吧。所谓与世间万物和谐相生的思想，其实只是把这种心绪的对象进一步扩大而已。也就是说，值得我们关注的不仅仅是"关上房门"的家事私事，我们还应该多向外面看一看。

每个人都有各自喜欢和讨厌的人和事。如果有人强迫你做了不喜欢的或者是感到麻烦的事情，你肯定就会很想把那个人揪出来揍一顿。

每当遇到不顺心的事情，我总会想："因为对方就是这种人""因为别人在某个地方做错了""因为这一切都是别人逼我做的"……我总会把自己想象成受害者，总是在想办法为自己开脱责任。然而我越这么想，越是会对自己感到愤怒，甚至在心里涌起一股深深的憎恨。因为这样一来，我就离与外物和谐共生的目标越来越远了。说句不好听的，这种受害者的想法源自一种争斗之心，甚至可以说是互相残杀之心。一想到日常生活中，每天都在上演着这些互相残杀的戏码，我就感到毛骨悚然。但是，想必也有一些人会觉得我是在危言耸听，这些人恐怕已经对此麻木了吧。请你放松心情、凝神冥想，好好反思一下自己的生活和工作，你有没有做过与他人合作共赢的事情呢？

不仅是在人与人的交际当中，在人与社会、国家、自然，甚至国家与国家的外交关系当中，和谐共生的理念都是很重要的。如果世间的一切都能够彼此共生共赢，那么残酷的战争也好，无聊的骗局也好，微不足道的纠纷也好，也许就都不复存在了。在共生理念的引导下，每一方都能获得精进，每一方都会在成就彼此的过程当中感受到快乐。

和谐共生的理念能给我们带来什么启示呢？第一点就是认清生命和存在。如果我们能够与无关之人、身外之事共生共赢，我们就会渐渐明白，我们自己也正是因为与这世界保持着一种和谐共生的关系才得以存活于世。如果没有这世间万物与我们相络相生，一个形单影只的孤独个体是活不下去的。

当然了，人生除了美好之外也有不堪。在生活中，我们肯定都遇到过令人厌烦的，或是感到为难的事情，而其中有一些可能就是那些无关之人或是身外之事招致的。如果我们放任对这些人和事的愤怒和憎恶，继续与他们互相争夺甚至是互相残杀的话，那么我们就会陷入恶性循环当中，事情也就无从解决了。这一点我想是不言自明的。

现在似乎有很多人无法在生活中获得满足感，无法体验到心想事成的感觉。也有很多人在为生活和工作而烦恼或焦虑。那么，不妨从今天开始培养一种与世间万物和谐共生的思想吧！不要再总是强调"我自己怎么怎么样"，开始学着与他人、与外物互相成就、和谐共赢吧！这样的话，总有一天我们也会在这种良性的互动当中有所收获。和谐共生的理念带给我们的第二点启示就是要不断以平和的内心去接纳生活中的不完美。

我每天都对那些追求与世界共生的人心向往之。共生一词，在我平静无波的心境当中偶尔掠过一丝微波，而这个词也是我此刻各种所思所感的答案。

我就任《生活手帖》杂志的主编已经有半年时间了。这段时间以来，我每天都在思考这样一个问题："人在什么时候才会感到幸福呢？"我希望大家也能花点时间考虑一下这个问题。

一个人只有在与他人建立深厚关系时，才能体会到幸福的感受。这种幸福感正是我们在与朋友、家人、恋人、同事之间的交往互动当中收获的至宝呀。

我真想不断深入挖掘"和谐共生"理念的内涵。希望我的这篇在《生活手帖》杂志中刊登的文章能够帮助大家略窥门径，进一步理解这一理念的真谛。

理所应当的事情

　　前几天，我去了一家价格中等的寿司店。那家店很有名，客人也很多，生意很兴隆。我一个人坐在吧台前面，试着捏寿司。寿司好吃与否的关键在于食材的新鲜程度，以及厨师的厨艺和创意。这三点与寿司的价格成正比，如果是价格便宜的店，就要忍耐与之相适应的、大打折扣的味道，如果是价格昂贵的店，期待食物的味道物超所值倒也是人之常情。最难的是，去价格中等的餐厅时，要对食材报以何种期待，又该如何应对可能发生的相遇呢？

　　我不喝酒，所以总是在寿司店里喝茶。厨师先生因为见惯了吧台前形形色色的客人，只要客人面前的茶变温了，或是减少了，他就能马上发觉。在客人点茶之前，厨师先生就会对服务员说："给客人倒一杯茶吧。"这不是什么特别的事，甚至只是一件理所应当的小事，然而，价格便宜的餐厅绝对不会有周到至此的服务。如果要喝酒的话，那便要花钱买了。这时候，即使是价格便宜的餐厅也会问一句："您要不要点什么饮料？"

　　我会通过店家能否细致地沏茶来分辨一家寿司店的好

坏，因为沏茶是一件理所应当的小事。客人不要茶就不主动提供茶的寿司店，不管其价格是高是低，我都绝不会再去，特别是一个人去吃的时候。然而，如今能够主动为客人上茶的寿司店却很少见了。真是奇怪，这明明是理所应当的服务呀！

说回那家寿司店。正如我所想的那样，价格中等的寿司店在茶的替换和续杯方面做得不尽如人意。除非是客人点单，否则店家就不会在这些小事上太用心。我想了想，倒也不是不能理解。店家推荐说烧烤很好吃，又说今天的蛤蜊品质很好，我便依言点了菜。

等了一会儿，忽然听到烤箱发出"叮"的一声。我觉得有点儿不舒服，但并没有太过在意。我的面前放着那盘烤蛤蜊。这盘烧烤没有新出锅的菜肴应有的升腾热气，放入口中时也不烫，口感不冷不热。我总觉得这盘烧烤只是放在火上烧了一下，虽然能够下咽，但是绝对算不上好吃。于是，我对厨师说："这盘菜好像有点冷了。"

厨师露出惊讶的表情，问道："是吗？"

我再次点头称是，接着又问道："请问这盘菜是怎么烤制的呢？"

厨师平淡地回答："是用烤箱烤的。"

于是，我能回应的也只剩下了一句："啊，怪不得。"

烧烤看上去简单，其实制作起来很复杂。在制作烧烤时必须依据食材当天的状态进行烧烤，即使是使用烤箱，在烤制的过程中也绝对不能放松警惕，要一直观察食材的状态，用眼睛预估烧烤的程度。但是，这家寿司店只是以烤箱到达设定时间后的"叮"的一声响作为烧烤完成的信号。那么，用眼睛观察烧烤的情况、及时给客人上菜与等待烤箱"叮"地发出一声讯号、给客人上菜，哪一种才是理所应当的服务呢？我所追求的自然是前者。最后，我只在那家店里吃了一个烤蛤蜊，剩下的一点都没动。尽管这家店铺至今仍然颇有人气，但我再也不想去第二次了。

我想把这段经历当作一个教训：把理应做到的事情认真做好。我不想追求在此之上的东西，只希望考虑清楚什么是有助于自己的生活和工作的事情，什么又是自己在生活和工作当中理应做到的事情。话虽如此，我却认为这世上没有比认定了自己的"理所应当"更可怕的事了。一旦认为自己做到的事情是理所应当，人们就相当于给自己设置了无形的上限，自然也就无法再进步了。自己设定的理所应当未必是正确的，所以我们才需要每天更新自己的视野和态度，不断重新审视自己和周围。然而，在当今社会，理所应当的标准正在不断下滑。

对《生活手帖》杂志而言，理所应当又是什么呢？

想要找到这个问题的答案，我就必须拿出经常更新和改变自己的勇气，一步一步地走下去。

不做害怕失败的胆小鬼

我并不讨厌"失败"这个词。

我想应该没人喜欢失败。我虽然说不上有多喜欢它，但是似乎也没那么讨厌它。对我而言，它只是一个与我相顾无言的词而已。如果不是讨厌失败的话，那又该如何形容我的这种心境呢？当与失败狭路相逢时，我总会先在原地做一个长长的深呼吸，然后想着要好好珍惜这次失败的经验。别笑，我说的是真的。

失败是成功之母。记得小时候，有人对我说过，人不要总是闷闷不乐。可惜，那个时候的我根本无法理解这句话的深意，只顾一心琢磨着为什么失败会是成功之母，失败和成功的真实关系又是什么。

我们应该学会区分失败和犯错。在我看来，失败只是一时错过了成功的机会，而犯错却是因为疏忽或过失搞砸了某件事情。失败是无意识的、没有恶意的、不可抗的。而犯错则是有意识的，并且无论是否出于恶意，都可以采取措施提前防范。正因为二者的性质不同，我们才有必要把它们分开考虑。人们或许可以从失败中挖掘到人生的希望和未来，可是在面对错误时，人们就必须要有一种强烈的自我反省意识。命运使然和过失失败的差别其实很大。失败是因为前方有着不可估量和预测的挑战，而犯错则是因为自身主观造成的。总而言之，失败的人没有罪过，失败也并不可耻。话虽如此，不过也因为"人非圣贤，孰能无过"，所以我同样不认为犯了错的人就一无是处。

我们经常会在生活中遇到很多小意外，也经常要面对自己的行为产生的消极结果。那么，是把这些看作失败呢，还是看作犯错呢？这关乎着我们下一步的选择，也关乎着我们今后会看到什么样的"景色"。如果我们把这些看作巨大的失败，那么基于"失败是成功之母"的理论，在不久的将来就一定会有巨大的成功在等候着我们。如果把这些看作犯错，我们就能够发现自己身上的某些重大缺点，或是看到自己的自私、怠惰、贪婪等阴暗面，从而更全面地认识自己。

失败虽然会带来一些暂时性的风险，但这些风险绝对不是一种痛苦的体验，反而是人生成长的过程。是的，失败就意味着机会，失败本身就是另一种开始。可能正因为大多数人不愿直面失败，他们才无法看清失败的本质。刚尝到败绩，他们就会变得灰心丧气，开始放弃努力甚至是自我否定。他们通常没什么耐心，即使投入一段奋斗当中，大多也只是浅尝辄止，在成功的大门前敲一下便走，实在令人扼腕叹息。我们正是通过不断反思过去的失败，才能够不断站在失败的基础上成长，我们的生活、工作，甚至是整个人生，就是这样在跌倒和爬起的反复当中一点点被勾勒出来的。

虽然明知道失败的意义和价值，可是一旦真的与失败狭路相逢，人们还是会对失败心生厌恶，或是发发牢骚，或是暗觉吃亏。人们总是对那些很少失败、顺风顺水的人产生误解："哎呀，那个人太厉害了，从来没见他失败过。他的头脑肯定很聪明吧！"于是，人们就觉得自己无法与这样的人匹敌。可我却要说：越是很少失败的人，越是没有竞争力。从不失败也就意味着从来没有挑战过难关。换句话说，这些看似头脑聪明、顺风顺水的人只是在不断重复过去已验证过的行为和选择。他们往往始终保持着过去的行为习惯和行为模式，他们的思维也总是保守和僵化的。他们没有体验过失败，也就不需要改变自己、更新自己。因此，他们所谓"顺风顺水"的人生也只不过是在名为"过去"的舒适区里原地踏步罢了。不失败固然很好。可是，若想让自己继续成长，就必须克服懒惰，从舒适区里走出去。不失败就意味着无法与时俱进，也意味着丧失了人生的多样性。

失败是心怀勇气的体现，也是敢于挑战的象征。因此，即使失败了也不必气馁，只要能从失败中吸取教训，下次再努力抓住成功就好了。据我所知，越是收获了很多成功之果的人，他们在过往中失败的次数就越是多得惊人。我曾经听过这么一句话，在一次成功的背后隐藏着一百次失败。由此，我们才能彻底明白"失败是成功之母"这句话的深意，感叹古人诚不欺我。当事不遂愿时，将这一结果看作失败也好，把它看作错误也好，总之一定要先学会直面它，看清它，反思它。

不管遇到什么困难，都不要让自己成为一个害怕失败的胆小鬼。如果能敞开胸怀拥抱一切结果，那么我们就不会畏畏缩缩、患得患失，甚至越是遇到困难，就越会觉得兴致盎然，而麻烦事也就在不知不觉间被完美解决了。我们无须考虑一件事情是难是易，只要想做，就努力坚持到底。如果总是举棋不定、患得患失，就什么都做不了。只要信念足够坚定，就能将眼前的所有障碍化敌为友。只要下定决心，全世界都会为你让路。

说实话，我从大概二十五岁的时候到现在，一直保持着记"失败笔记"的习惯。我的"失败笔记"攒到现在已经有十三本之多了。过去的成功终会慢慢遗忘，曾经那些失败的经历我不想忘记，所以我一直坚持记录自己的每一次失败。每过一段时间，我就会翻开这些笔记重读，在我以为的失败中寻找被我遗漏的错误，再提醒自己认真改正。这一过程非常快乐。我的失败笔记中常常会混入一些看似是失败的错误，每当我找到那些自以为是天不遂人愿，其实是个人过失引起的"假失败"时，我都臊得脸通红。随后又会像浑身被浇了盆冷水似的脸色煞白，为自己的疏忽而自责不已，但是我心里总体还是高兴的。总而言之，人类既会失败，也会犯错。认识到这一点，知道接下来该做什么，该想什么，该纠正什么，这才是最重要的。要想从自以为是失败的案例当中找出混迹于内的错误，就必须心怀坦诚。人们总会习惯性地美化自己，为自己的每一个言行寻找借口。因此，我们必须冷静客观地审视自己，绝不能欺骗自己。人既有真善美的一面，也有不甚美丽的一面。正因为人是具有两面性的，为人所经历的失败之美和错误之恶才会同时存在于人心之中。

如果能广泛接纳各种失败和错误，使二者互相调和，那么生活也好，工作也好，人生也好，都会变得幸福自在。失败有失败的真实，错误也有错误的真相，我真想把失败和谬误都当作精神食粮，在反思它们的过程当中不断精进，直到走完人生的旅程。

失败是成功的必经阶段，它与生活息息相关。未来的我仍然会不断失败和犯错，但我绝不会因此失去披荆斩棘的勇气和挑战精神，也绝不会失去正视自己、纠正错误的坦诚之心。我还想以《生活手帖》为舞台，在不断的失败体验当中孕育成功，再由编辑将这不断的失败与成功写成致读者的书信似的文字，将其汇编为杂志。

失败是多么美好啊！我都想把自己的名字改成"松浦失败"了。

三月的某一天

你的梦想是什么，可以告诉我吗？

我和某一个朋友聊起了他不太喜欢的话题，谈话的过程是这样的。

我问朋友能不能笑，朋友回答："你也不是爱笑的人，要是笑得出来的话，就笑一笑吧。"于是，我说自己想去埃及见识一下库夫法老墓的挖掘现场，那是我的梦想之一，只是不知道何时才能实现。

说完，我看着朋友的脸，想知道他会做出什么反应。朋友轻轻吐出一丝后悔似的叹息，凝视着远方，口中喃喃自语："库夫法老墓呀……"忽然，他像发觉到我在一直看着他似的，又用不甚感兴趣的语气说："好啊，挺好的。"

我的梦好像做得过头了。

如果把人比喻成是一棵树，那么，这棵树的营养素就是自己每天的梦想。我们每天通过梦想提供的营养素重拾生活的活力，慢慢长大，一点点发芽、长叶、开花、结果。

库夫法老墓是全世界考古学家的梦想。我不是考古学家，要怎么去库夫法老墓的挖掘现场呢？因为无知，我的脑海里萌生出了好多天马行空的点子，倒也非常有趣。有些时候，不为既定的知识所拘束，反而能获得思想上的自由。

即使是对考古学一窍不通的自己，也有可能发现法老墓。这是多么有趣呀。哪怕在这一刻走投无路，在下一刻也有可能发现奇迹。

十七岁时，我去了美国。当时还没有今天这样发达的网络通信，如果想查什么信息，我会不管三七二十一马上采取行动，以便尽快找到线索。因为在当时，如果不拿出勇气立刻行动的话，就很可能什么也得不到了。

比如，我会去图书馆找资料学习，或者去大使馆和观光局收集有关外国的信息。但是，这些方式能够找到的信息特别少，根本无法接近我理想中的答案，并不太值得期待。通常，我利用这些方式找到的只是获取最终答案的一些线索，之后，我就会带着这些线索，继续一步步地朝着理想的答案靠近。不管目标有多遥远，我都会想尽办法缩短自己与目标之间的距离，去积极行动。

令我感到不可思议的是，当我真的开始行动时，全世界仿佛都在为我的执着让路，甚至连围绕着我的风向似乎都产生了微妙的变化。当我开始行动后，我会遇到各种奇妙的事件，它们在我的身边发生着奇迹般的化学反应。而我手中紧握的小小线索也因此慢慢萌芽、慢慢成长，逐渐由点成线，又渐渐由线成面，直到最终长成面与面相连的立体形态。

十八岁的时候，我在一本小说中读到了一家很棒的书店，引得我想立刻去实地看看。那家书店的确是真实存在的，可是我只知道店名和书店所在街区的名字。我非常想去看看那家书店，呼吸一下那家书店的墨香，再跟那家书店的店主当面聊一聊。

　　后来，我抽出一天时间去了美国大使馆。因为实在找不到那家书店的地址，我便想拜托大使馆的人帮我查找一下。然而，接待我的大使馆职员只是简单地回答我一句："对不起，查不了。"便把我打发了。

　　我不死心，又向那位职员询问如何才能查到地址。那位职员面露惊讶的表情，说了声"请你等一下"就离开了座位。我在原地等了三十多分钟，才看到他回来，然后"啪"的一声把一本厚厚的电话簿砸到了桌子上。

　　职员说："这是三年前的旧电话簿，上面登载了所有街道的信息，送给你了，你就用它查查看吧。"

　　那本电话簿有十厘米厚，黄色的封面破烂不堪。对年轻的我来说，这本电话簿记录着的俨然就是美国本身。那个时候，我预感到我的旅行即将开始，说不定奇迹的种子已经开始萌芽了。

　　电话簿上写满了在当地生活所必需的信息。在找到那家书店的名字之前，我读到了当地人们的日常生活状况，也得以一窥当地的风土人情和自然风光。

后来，我终于在"二手书店"名录里找到了我心心念念的那家书店的名字，也找到了它的地址。我小心翼翼地把那家书店的名字、地址和电话写在一张纸上，然后立刻动身了。那是一段非常美好的旅行。

在当今时代，若是通过互联网查询同样的内容，恐怕连一分钟也用不了。网络上不仅能找到可以作为线索的信息，恐怕连抵达那家书店的路线图，甚至是店铺的外观也都查得到吧。我突然想到，如果当时的我获得了这么多信息，或许就不会开始这一段旅行吧。

我很想问一问当时的自己："你能不能告诉我，你为了站在这家书店的门口，究竟付出过怎样的努力呢？"

虽然这只是一件微不足道的小事，但是对我个人而言，这段经历是我视若珍宝的"奇迹故事"。若是真能对当年的我有此一问，恐怕那时候的我会兴致勃勃地说上一个小时甚至是两个小时吧！而如今的我也会耐心地聆听下去。因为，我深深地明白：我在抵达目的地之前费尽心力所了解到的、学到的、经历过的事情，绝非毫无意义。

曾经的我为了找到心心念念的书店吃了不少苦。想来，江户时代和明治时代的旅人们到远方去找寻梦想，一定有着更加不可思议的信念和力量。依靠仅有的一点线索就立刻行动，经过无数的哭泣与欢笑，才找到了名为"奇迹"的无价之宝。这是多么令人羡慕的旅程呀！他们怀抱着的梦想一定很伟大。

　　如今是一个不相信奇迹的时代。如果提到奇迹之类的话，恐怕还会被人们笑话。虽然我自己也不怎么在人前提到奇迹，但是我想说，其实每个人都能遇到奇迹，每个人都能找到创造奇迹的秘诀。

　　听说，如今愿意出门旅行的年轻人正在逐年减少。在任何信息都能轻易获取的今天，线索也好，困惑也好，恐怕以后都要消失不见了。那样的话，梦想这一促进人生成长的营养素是否也会被后人们遗忘呢？

找呀，找呀，找朋友

　　距离上一次参加在纽约东城圣马克斯书店举行的绘本作家詹姆斯·斯蒂文的朗读会，已经过去二十年了。二十年前的一个晴朗的早晨，我从入住的 7-11 酒店出门去散步，在买咖啡和三明治的途中，无意中经过那家书店的门前，看到店内的玻璃橱窗上贴着朗读会的宣传海报。

　　我非常喜欢那本图文并茂的《走在大雪后的纽约》，书中记录了纽约的风貌和当地居民们的幽默风趣，读完这本书，我的心情都变好了。

　　当时的我会把想看的、想吃的、想问的、想去的等都详细记在笔记本上。在我"想见的人"的名单上就写着詹姆斯·斯蒂文的名字。我想，如果可以借此机会见他一面，便能在这条小街上了却一桩心事，心情也会因此变得舒爽。

　　朗读会在晚上七点举行，很多人慕名而来。朗读的作品是詹姆斯·斯蒂文的新作和他自己从小爱读的两本连环画（标题忘记了）。朗读结束后，我混杂在詹姆斯·斯蒂文身边的众多粉丝中，总想找机会上前和他说点什么。在无数抢先一步与他攀谈的纽约人当中，我忽然很可怜扭扭捏捏的自己。

在粉丝们的吵闹声中，詹姆斯·斯蒂文似乎感觉到我有话要说似的。于是，在与我目光交汇的那一刻，他对我说："今天谢谢你来捧场。"我立刻回答道："不不，是我要谢谢您。那个……我可以问您一个问题吗？"

詹姆斯·斯蒂文回答："当然可以。"

我问道："您认为，为了在纽约这个城市生活下去，最需要什么？"

詹姆斯·斯蒂文有些疑惑地反问："你刚才说，为了什么？"

我说："打个比方，想要过幸福的生活，或者想要过好每一天的生活……"

"啊，原来如此……我懂了。"詹姆斯·斯蒂文微微一笑，像是自言自语似的回答："有很多人认为，在纽约生活必须要有很多钱，但我不这么认为。这个城市最需要的就是朋友。只要会交朋友，不仅是在纽约，在世界上的任何地方都能生活下去。所以，如果你在当下生活的这个城市里过得很辛苦的话，或许就是因为你交不到朋友。对了，想要好好活下去，最重要的是交朋友。"

我若有所思地点了点头，说："谢谢您的回答。"

詹姆斯·斯蒂文听了，又笑着补充一句："对，还有一点就是不要忘记自己的笑容。下次再见！"说着，他就走进了人群中。

"不要忘记自己的笑容。""最重要的是学会交朋友。"那天晚上，我把詹姆斯·斯蒂文的这两句话当作宝贝似的带回了家。

　　那一天，我觉得回家倒头就睡实在可惜，就跑到深夜营业的甜甜圈店里，坐在柜台边，就着香甜可口的甜甜圈和略带苦涩的咖啡度过了一整个夜晚。这家店就像电影里的某个镜头一样，深夜巡逻的警察一个接一个地进店来买甜甜圈和咖啡，又和店主像朋友一样地交谈几句，看起来很开心。看着这一幕，我静静地将詹姆斯·斯蒂文的两句话又反思了一遍。

　　为了交朋友，我开始辗转在各个国家旅行。现在回想起来，詹姆斯·斯蒂文所言不虚。只要有了交朋友的能力，无论走到哪里都能活得下去。也许说得有些夸张了，但是，人总是需要别人帮助的。身处困境时能为自己伸出援手的就是所谓的朋友呀！我在世界各地旅行的时间越长，越能体会到朋友的重要性。人绝对无法独自生存于世。

　　交朋友的能力究竟是什么样的能力呢？

　　我想，交朋友的能力就是一种能够找到对方优点的能力吧。每个人或多或少都会有一些优点，尽力去欣赏那些优点的人，不就是我们的朋友吗？如果每天见面的话，善于交朋友的人可能每天都能找出对方的优点来欣赏，长此以往，友情自然会萌芽结果。既然有发现优点的能力，也就有与之对应的发现缺点的能力。若是看到了别人不好的地方，又该怎么办呢？善于交朋友的人会选择不拘泥于此，能原谅的就原谅，能接受的就接受。从某种意义上说，朋友关系也是一种相互依靠的关系，是相互之间的爱与原谅。另外，永远不要认为金钱才是世间最重要的东西。

虽然朋友关系不仅仅是如此，但是我认为以上两点是最基本的。

优点是一个人的个性和魅力所在，能给人或大或小的感动。而感动之情往往会露在表面，人与人之间的交流也就自然产生了。即使一个表情也能实现人与人之间的交流。千百年来，人们就是这样彼此敞开心扉、建立起友谊的。曾经有人问我，何为敞开心扉呢？

我回答："每个人内心中都有很多想法，只要将一些原本无法对人言说的话告诉他人，便是敞开心扉了。"

想要交朋友，最重要的就是尽可能地通过自己的言行把感动之情表达出来。"真好吃""真有趣""极好""好美""最喜欢了"这样的感受一定要坦率地表达出来。彬彬有礼却寡言的人在日本尚且很难交到朋友，在外国就更不用说了。没有人会不喜欢被人关注的，所以，我们还要时刻关注和关心身边的人们。

不仅要会交朋友，还要学会培养和维持友谊。我想再进一步思考一下：我自己应该成为一个什么样的朋友呢？

我在二十年前的笔记本上写下过以下这些话。虽然现在写出来有些羞耻，但我还是想分享给诸君："赞扬、认同他人。""帮助、感谢他人，想办法取悦他人。""尊敬他人，也要适当向他人提出建议。""不要总是依靠他人的力量。""要诚实亲切。""要相信自己的内心和眼睛看到的东西，讨厌的就坦率地讨厌下去吧。""要成为一个合格的职业人士，对工作认真负责。"

一个和相关联的好多个

从去年夏天开始，我一直在写关于自己身边大小事物的故事。书名是《我的一百个东西》。

纵观自己的生活，我总有种东西多得旁逸斜出的感觉。我的衣服、家具、工具等，多得数不胜数，大大小小的、新的、旧的东西都塞在箱子里和柜子里。这些东西到底有多少，我已经无法数清楚了。我生活在无数东西的包围之下，浑浑噩噩地过着日子。

我在这物质满溢的生活当中选出了一百个有形之物，为它们拍照，并写出与它们相遇、相爱的经过，记录下自己对它们的评价以及平时的使用方法等等。

我觉得从生活中选出一百个东西的过程很有趣。被选出来的东西都与我有特殊的邂逅，它们一直像老友一样陪在我的身边。从无数陪伴身侧的东西中挑选出一百个东西，就像从认识的人中选出关系好的密友一样，拥有它们身心都被幸福所包围。

但是，选择的过程并不简单。当然，选择一百个东西并不是要扔掉剩下的东西。每当在选择的时候，我的脑海里都会想起与这些小物品之间的故事：我还挺喜欢这个东西的，可不能扔呀，我还记得跟它度过的那些时日……就像一提到喜欢的人，我们就总能想起好多话来，甚至说了还不够、写了也不够，还要再多听些才觉得舒服。

试着做了才知道，选择一百个东西看似轻松，实则不然。如果只是二三十个东西倒是可以很轻松地选出来，但继续选择却不容易。我原以为自己有这么多东西，选择一百个出来也不是什么难事，可真开始着手做的时候，才发觉其中的不易。选择的过程自然是快乐的，但选够一百个东西却着实"任重而道远"。

在自己的日常生活中寻找出一百个可以称为"好朋友"的东西，不需考虑别人看见这些选出来的东西时会怎么想，只要坦率地思考物品与自己之间的羁绊即可。这一过程就像照镜子似的，能够增进对自己的了解。

将选好的东西一一排列，就能发觉平时自己没有注意到的潜意识和价值观。通俗地说，选择一百个东西就像是在回答这样一个问题——遇到火灾或地震的时候，你会带什么东西逃命呢？比如，名牌商品、饱含回忆的相册、食物、破烂的小玩意、衣服、几本书、铁锅、平底锅、植物等等，选择总是因人而异的。真遇到紧急情况的时候，一些跟兴趣相关的东西难免会被抛弃。然而，倘若只是想象的话，我们能选出很多东西来。

如果是你的话，你会带上一百个什么东西逃跑呢？

　　在短时间内选出一百个东西的确不易。那就改成选十个吧。嗯，连十个都选不出来吗？这倒也正常。

　　将日常生活中的各种东西进行排序、筛选、分辨，或许是一种有趣的游戏。然而，我渐渐发现：这一过程实际上毫无意义，甚至有些愚蠢。

　　家具也好，衣服、小玩意等东西也好，各种物品之间有一条看不见、摸不着的线连接着，保持着一种平衡。如果其中一个东西被剥离的话，这种平衡就会被打破。从某种意义上来说，日常生活就是由时间轴上聚集起来的各种东西组成的。因此，当我们无法理解一件事的时候，便可以将整体分解开来看。这一过程就像在用显微镜进行观察，很容易就能找到事物的本质，顿觉醍醐灌顶。

　　今天，我好不容易才选出来五十个东西。我给它们拍了照片，写下了与它们的故事。虽然已经渐渐明白了这件事的徒劳无益，可是，既然我已经做了一半，就不想这么轻易放弃。虽然我仍在想方设法选出一百个东西，但自己已经能将这一过程视作是一个游戏。现在的我已经纠正了当年的不成熟。

　　这件事发生在早春。那时，我第一次认识到了自己拥有的东西。

おいしいおにぎりが作れるならば。

因为我是"老字号"

梅拉宾法则

很久以前，我在竹村健一先生的著作中读到了"梅拉宾法则"。

有一段时间，我深深地为竹村先生的作品所倾倒，拜读了他的绝大部分著作。后来，我甚至想见一见竹村先生本人了。当时，广播节目《世态热线！我是竹村健一》是我最喜欢收听的节目之一。每周日我都会早早起床收听，直至今日。在我看来，竹村先生就像是站在云端之上的世外高人，是我最尊敬的人物之一。

人际交流和自我表达方面的困难以及由此引发的纠纷和压力等日益为世人所关注。每当这时，我都会想起"梅拉宾法则"。我试着利用这一法则分析生活中的各种案例，越想就越觉得这一法则有道理，忍不住一个人频频点头。

"梅拉宾法则"是什么呢？它是由美国心理学家阿尔伯特·梅拉宾在1971年提出的一个理论。他认为，在人际交流的过程中，语言的作用只占了7%。这真是一项令人惊讶的发现。

人们在第一次与他人相遇时，首先会关注的往往是对方的胖瘦、穿着的衣服以及对方的动作和表情给自己带来的感受等等。简而言之，一个人对他人的第一印象，约有55%取决于视觉要素。其次是听觉要素，比如说话的声音大小、语速的快慢等等，比例占到了38%。

由此可见，在人与人的交流中，最能给对方留下深刻印象的便是一个人的外表。至于语言表达的内容等，反倒很容易被人遗忘。

我们应该从"梅拉宾法则"当中学到的是，在与人交往时，必须注意自己的仪容仪表。在有明文规定要穿西装的公司可能还好，但是在不要求穿正装的公司，仪容仪表往往就成了个人自由，想穿什么都可以。对了，我们《生活手帖》杂志社就属于后者。因此，我们就必须清楚，自己平时的穿着实际上是给对方留下深刻印象的要素之一。人们在提到他人时，往往会先用外表来形容，比如说一个"总是穿牛仔裤的人"。简单一句话，就能勾勒出一个陌生人的大致形象。据说，人们在和他人搭话之前，会先对对方进行一个大致判断。因此，我们必须明白，职场上的服装搭配自由实则给人们带来了一种难处。因为在很多情况下，自己觉得自己的某种穿搭很好看，在其他人看来却未必很顺眼。

尽管"梅拉宾法则"在人际交流中并非绝对，但是，结合我的经验来看，"梅拉宾法则"确实有很多可取之处。在人际交流中，为了减少可能给对方产生负面印象的因素，我们或许可以以此为依据，事先做出一些努力。

"梅拉宾法则"说到底就是一个人的各种要素在给对方留下的印象中所占的比例。照此执行只会一定程度上增加他人对自己的"第一印象分"，并不会增进他人对自己理解，也不会让他人更加支持和赞同自己。这一点需要注意。

除了保持干净的仪容，保持良好的体态，保持温柔的笑容，保持和善的说话方式和动作，这些都是基本礼仪。只要做到这些，那么无论在何时何地，人际交流应该都能顺利进行，不会发生太大的问题。

出国旅行的时候，在入境审查的柜台前，大家或许都有过类似的经历：明明一点愧疚的事情都没做过，却总是被审查官执拗地盘问各种问题，问得自己莫名忐忑起来；或是在检查时，因为不太喜欢被人慢条斯理地检查表情和衣服，别扭得几乎冒冷汗。

有一段时间，我总是在美国和日本之间频繁往来。审查官总是语气生硬地问我为什么要频繁往返。虽然我自有合适的理由作答，但是考虑到一旦我实话实说，恐怕又会被审查官盘问个没完没了，所以每次我都会想个好理由之后再做回答。不过，扯谎的感觉实在令人痛苦。后来，每次出入境时，我都会在白色衬衫上系上领带，再在脸上挂上一个温暖、持久的微笑。这样一来，海关工作人员的态度仿佛也改变了，原先那种充满质疑的生硬态度随之消失。这时候，我就会觉得"梅拉宾法则"真是太有用了。

在人与人的交流过程中，仪容和笑容都是非常重要的。这不仅仅是"梅拉宾法则"的内容，更是人际交往中的绝对法则。有了得体的仪容和善意的微笑，别人才会认真待你、尊重你。

我想通过这本书向读者们传达一些什么，也想要与读者们心灵相通。希望我的读者们牢记一点：仪表和笑容很重要，要用心去学习和保持。

"开端""经过"和"结局"

很多人都面临人际交往中的问题，想要让对方正确理解自己所传达的信息，真的很不容易。本来是为了能够与对方共享思维和信息，如果不能正确传达自己的意思，就可能令对方产生误解，甚至与对方产生纠纷，导致两个人的关系变僵。

生活也好，工作也好，说白了都是人与人的关系。因此，想要做好工作、过好生活，就必须学会正确的沟通方式。我们的确有必要学习各种说话的艺术，但在学习这些方法和技巧之前，我们应该先学会如何关怀他人，以及如何正确表达自己内心的想法。

或许，世间的一切都有诀窍。

若要问诀窍的定义是什么，我想，那应该就是一种无论何时何地皆可守护我们心灵的"护身符"，换句话说，也就是勇气和知识等。为了能在生活和工作中正确传达我们的所思所想，我们就必须找到适合自己的沟通诀窍。能够找到这一诀窍的人们无疑是幸运的，他们只需像往口袋里放包小饼干似的，把这一诀窍长记于心就好。

大家认为沟通的诀窍是什么呢？能够守护自己心灵的"护身符"又是什么呢？

对我来说，沟通的诀窍就是，认真规划好沟通过程中的"开端""经过"和"结局"。其实，无论做什么事情都应该考虑一下开端、经过和结局，认真区分三者，在头脑中预想它们的形式，使之更容易理解。

写文章也是这样的。一篇文章一定有主题，为了表现这一主题，或者说为了向读者传达这一主题，写作者就必须要考虑什么才是这篇文章里不可或缺的开端、经过和结局。只有先在脑海当中勾勒出这三点的具体形态，才能够动笔。如果什么都不考虑，直接拿起笔来写，就会像无头苍蝇飞入一片漆黑之中，漫无目的、不知方向。

我在下文中所提到的诀窍一词，其含义指的都是我自己所认为的诀窍。所以，下文中的观点仅供大家参考。

当你要向对方传达一件事情时，就先在脑海中区分这件事情的开端、经过和结局。因为这三者的含义各不相同，所以，每当要传达一件新事情的时候，都应据此重新整合考虑。正确的划分方式不止一种，每个人都可以根据自己的性格和感觉自由划分。最重要的一点是先认真考虑事情的前因后果，整理出自己能够接受的答案。

划分好一件事情的开端、经过和结局之后，我们可以把一件事的内容据此切分分别写在三张纸上。动笔写下来确实挺麻烦的，但是书写的过程也是整理自己思绪的过程。所以，这一步同样至关重要。等到我们把脑中的感觉和形象具化为纸上的文字之后，我们的心中就会油然生出一种成就感和快乐感。如果你在实践后也有这样的感觉，以后不妨将此法推而广之，以开端、经过和结局的划分形式来理解和传达在生活和工作中遇到的各种事件。但如果你没有类似的感觉，那么重新再想别的方法便可。

除了写作，制作连环画剧 ① 也是这样。孩提时代的我们都应该喜欢过连环画剧，那是一种用纸做出来的小故事。虽然名字叫作"画剧"，但却不是用画纸做的，而是用笔记纸做的。

首先要考虑故事情节的开端，把开端进行再分解，在几张纸上表现出故事开端的内容。然后再依样完成画剧的经过。一般情况下，故事经过所要用到的纸张是最多的，毕竟这是故事的主干嘛。最后，再完成画剧的结局。

如此一来，一个大主题可以分为开端、经过和结局三部曲，而这三部曲当中又可以再细分出各自的开端、经过和结局。这种不断细化的分析过程是非常有趣的。

连环画剧完成之后，要再次审视一下作品整体，确认作

---

① 连环画剧：一种把故事情节等描绘成多幅画面转入相框，同时念对白解说一次让人观看的曲艺形式。以儿童为对象。始于 1931 年前后。

品的三部曲是否达到了能够深入人心的要求。民间故事和戏剧往往会从"很久很久以前……"讲起，由纸张做成的连环画剧也应该像民间故事一样，有一个能够让人满心期待后续的故事开端。此外，一部优秀的连环画剧还要具备能够让人忘却时间、沉迷其中的故事经过，以及令人意想不到又大感折服的故事结局。总而言之，我们要把自己代入到画剧当中，先问问自己：这部作品能够感动自己吗？自己能为它拍手叫好吗？如果自己认可了这一部画剧，那么剩下的就只需把这部画剧当作沟通的"护身符"，向观众们好好演出来了。

有一点需要注意的是，到此为止制作出来的连环画剧，也可以被看作为了抵达某个地方而绘制的地图，或者看作像设计图一样的东西。连环画剧虽然不是人际交往的剧本，却能在我们迷茫困顿时起到很大的作用。通过连环画剧的制作流程，我们也多少能举一反三，思考一下何为人际交往时的"变奏曲"。

因为完成路线不止一条，所以如果在实践过程中遇到了困境，即使与原定计划不甚相符，也需要考虑改走别的路线。按照设计的计划按部就班当然是好的，可是，如果在中途发现计划存在问题，就要改用别的方法去做。我们要时刻让自己的思维保持灵活，要有重新改变想法和做法的勇气。

比如，开端、经过和结局，在落实的时候也可以依据不同情况适当调整三者的顺序。这可能跟很多公司进行的演示文稿（ppt）发表培训很相似。发表演示文稿的关键就是要在最短的时间内感动观众，让观众对你发表的内容产生兴趣。为此，与连环画剧同理的准备工作就必不可少了。

不管是在工作中，还是在生活中，我都会以开端、经过和结局来分析每一次经历。在听别人说话的时候，我也会认真关注对方在开端、经过和结局的部分都说了些什么。这样一来，即使对方的表达不够完整，我也能把他想传达的内容猜个八九不离十。对于仍然不太理解的地方，我会以最简洁的方式向他提问。无论对说者还是听者，这些都是有助于增进相互理解的诀窍。

读文章、听音乐的时候，我也希望大家能够经常思考开端、经过和结局。这样一来，我们就能进一步加深对文学和艺术作品的理解。这一分析思考的过程是非常有趣的。当我们终于分析出了一部作品的开端、经过和结局，我们就会发现艺术变得通俗易懂了，也会由此理解创作者的深意，并更加感叹艺术的魅力。

如上所述，在工作和生活中，时常分析事件的开端、经过和结局，将有助于我们整理思绪，帮助我们学会更加科学的沟通方式。

沟通的诀窍也是倾听的诀窍。科学的沟通方式和科学的倾听方式同等重要。不要总是抱怨对方没有把话说明白——如果对方真的不善言辞，你就应该想办法引导他说出自己的所思所想，再将他说出来的内容加以整理，努力进行正确的理解，给出相应的反馈。

　　所谓沟通，就是在对话过程中有来有往。沟通的秘诀就在于：让自己和对方不断交换"说话人"与"听话人"的角色。在倾听时，要在脑内整理对方提到的重要信息，正确理解对方想要表达的内容。最后的最后，要享受其中。

对不起

　　生活和工作中无时无刻不存在着沟通与交流，甚至可以说，没有沟通，就没有生活和工作。特别是在工作场合，我们更要提高自己的沟通能力，审慎认真地使用语言。因此，每当有人问我沟通是什么、沟通的目的是什么，我就会回答说，沟通就是人与人之间的感情交流。沟通的目的就是传递爱。"爱"这个词听起来或许有点夸张，其实，我想表达的不仅仅是爱，还有人的各种情感，只是一时找不到"爱"之外的词语用以表达而已。

　　别人向自己投球，自己也回应着把球投回去。沟通跟这种投接球游戏的原理一样，只不过投掷的不是"球"，而是"情感"。因此，辛酸痛苦的事、可能会对别人造成伤害或破坏的事情，都不应该"投掷"给他人。即使是在投掷名为"爱"的球时，也必须时刻保持观察力和想象力，尽量考虑到对方的心情，以便让对方安心接受，再同样以"爱"的形式投回给自己。我们要经常站在对方的立场上思考，经常反思自己的"投接球游戏"是否进行得愉快而有意义。只有通过这种有来有往的"情感投接球"游戏，我们才能跟他人建立起深厚的情感，才能够获得幸福。

沟通的对象不只是人，还有动物、自然、时间……存在于这个世界上的一切有形或者无形的东西都可以成为我们沟通的对象。我们都听大人们说过，要惜物，要节约粮食，其实，即使是这么简单的事情，也体现着人与物之间的交流。

编辑《生活手帖》杂志也是在创造一件东西。创造，就是通过与形形色色的人与物的沟通，将光明却抽象的东西转换成看得见、摸得着的东西。它是一项高尚的活动，也是一份能够与读者们分享感动的工作。

比如，有人给我做了一份煎鸡蛋。即使只是一份平淡无奇的煎蛋，其中也蕴藏着爱的味道。又或者是有人写了一段小诗，这当然也是爱的表现。那么，我们编辑们要如何对待这些纯粹的情感呢？我们又该如何与生活和工作中的人、物、事进行沟通呢？

无论多么小的事情，都必须审慎对待，仔细权衡处理它们的方法。这是作为专业人士的责任，也是工作的精髓。

沟通存在问题，往往是因为自己的心思不在这里，或者是爱意不足。总之，沟通的问题往往只能归咎于自己。

我在沟通中也出现过一些问题，即使我犯的错误不宜大肆宣扬，我也必须先向各位读者、各位编辑部的相关人员道歉。正如我们常说的那样，我们的衣食父母就是各位读者，所以我们决不能诓骗你们、欺瞒你们。借着写作此篇的机会，我想向大家深表我的歉意，也希望大家能再给我一次改过的机会，让我继续学习"生活"和"生命"这两个词语中所包含着的深刻内涵。

各位，对不起！

或许，我本来不应该向诸君告知这些内情。在编辑工作中，惹怒合作者、给合作者添麻烦之类的事情，其实都是家常便饭。但是，我觉得惹人生气也是一种很好的沟通方式。因为没有爱就不会有愤怒。

从接手《生活手帖》杂志社的工作开始，到现在已经过去三年了。我已经不再那么紧张，精力也更加充沛了。这些应该也是我心态放松的表现吧。我想回归初心，对生命中的一切都抱有同理心，以这样一种全新的状态重新投入工作。我也想反省自己的言行，建立起与生活和工作的良性沟通。毕竟，正是沟通奠定了我们日常生活与工作的基石呀。

养生最重要

并不是自夸，我的身体真的很健康。

三十岁时，我曾去美国西海岸旅行。在那里，我接触到了一种全新的养生观念，对此深有感触。那里的人们认为：规整合理的生活方式、饮食方式和工作方式等，对个人的工作和生活起着很大的支撑作用。在这种观念下，随着年龄增长，人反而会变得越来越有精神。我曾试着实践这一观念。

在我三十四岁的时候，我忽然意识到工作中最重要的一环其实是养生。我开始注意观察我身边的人们，猛然发现他们虽然都很忙，但是都非常健康，没有一个人看起来疲惫不堪或是老态龙钟。于是，我向他们询问原因，他们则异口同声地答道："听说保持高效工作的第一步，就是有针对性地进行养生。"想要成为一个顶天立地的人，必须按照这样的顺序来做：首先要保持自己的身心健康，其次是保持与家人的良性互动，随后是维护与朋友等外人之间的人际关系，最后才是做好工作中理应做好的业务。

如果想在工作中取得好成果，就必须让自己的身心充满活力，同时还要拥有家人的支持，有稳妥的人脉，如此才能将全身心都投入于业务之中，充分发挥自己的能力。这话挺有道理，可是上一辈人的行动方式却与之完全相反。他们总是把工作放在第一位，甚至觉得为了工作而牺牲自己的健康和生活也是理所应当。总之，他们将自己变成了机械的齿轮，催着自己始终不眠不休地工作下去，直到彻底损坏、报废。他们认为这是一种日式哲学，也是一种维护自尊心的方式。诚然，正因有了这些"拼命三郎"们，战后日本的近代化才得以迅速推进，故而单从这一点来看，这种思维方式的产生和普及的确值得高兴。然而，从现代日本的经济和社会状况来看，却不得不让人感到有些失望，甚至觉得弊大于利了。我们必须开始反省和吸取教训。

我认为，信息量的差别和知识量的差别，进一步讲就是价值观的差别。在未来，这种价值观上的差异将与人们的生活品质息息相关。正如前文所述，有的人宁愿牺牲自身健康来不停工作，他们认为这种牺牲总有一天会为他们带来幸福；而有的人则坚决不会因为工作而牺牲自己的健康，因为他们相信，只有充满干劲的身体才能支持他们做出高效高质的业绩。价值观与生活品质的关系，便可从这一简单易懂的例子中略窥一二。

日本的流行语中有"杠杆作用"这个词，指的是凭借小小的力量也能产生大的效果。在未来社会，健康也好，工作也好，无论什么事情，能否学会利用"杠杆作用"达到四两拨千斤的效果，将成为决定一个人能否立足于世的关键。

社会中有这样一些人，他们虽然很想应用"杠杆作用"，却不得其法。这样的人早晚会失去包括金钱在内的所有东西。"工作！工作！直到报废！"这一过时的日式哲学所指向的只是一个可悲的结局，而这一悲剧结局正在不远处等待着他们。

即使在规矩森严的公司上班，适用于公司工作的"杠杆作用"方法仍有很多。其中之一就是要保持身心健康。随着年龄的增长，为了不让自己的体力和精力随之消减，我们就必须保持作息规律的生活方式，用心选择对身体健康有益的饮食，并且时刻关注心理状态，不让生活和工作的压力积攒于心。

诚然，每个公司都有自己的企业氛围和规章制度。比如，有些公司就会经常要求员工加班到很晚。这时候，我们就要自己想想办法，尽可能地妥善处理好工作与生活的比例关系。这并不是难事，而是我们单凭自己就能"撬动"的"杠杆"。为了不被误解，我要事先声明一下，"杠杆作用"的目的绝不是提高工作效率，也不是投机取巧，它是一种能让自己与他人产生差别的人生智慧。

我每天早上五点起床，然后晨练一个小时，上午九点才开始工作，下午五点三十分下班，晚上七点和家人一起吃晚饭，九点开始学习一小时，十点准时睡觉。我从不吸烟，喝酒也只喝一小杯。周末的时候，我会让自己随心所欲地休闲一整天，但我不会看电视，而是尽量去和朋友们一起吃午餐。正因如此，我的身体才能够常常精力充沛，这可不是我自夸！并且，我完全相信，明天的我还会比今天的我更有精气神儿。我从未有过请病假不工作的经历，总是一脸疲态的人也不可能胜任自己的工作。诸君想想，是不是这么回事儿？

万事 "学" 为先

　　夏天炎热，我和朋友一起去位于东京目黑的一家冷饮店吃冰宇治金时①。每次吃刨冰的时候，我都会想到，刨冰真是适合与人悠闲聊天时食用的好零食。吃刨冰时，人们往往会从刨冰的顶部和侧边开始舀起，为了不把碎冰舀乱，还要慎重选好位置再下勺。这时候，即使是急性子的我也不得不花时间好好 "对付" 一下这道甜品，所以才说，吃起来很花时间的刨冰非常适合边聊天边吃。另外，一边舀起勺子，凝视着刨冰堆砌成的小景，一边欣赏因融化而逐渐倾塌下来的冰顶，别有一番趣味。这时候即使慢条斯理地跟人聊天，心情也会非常愉快，一点儿压力都没有。

　　因为时间刚好是在盂兰盆节②前，我就跟朋友聊起了彼

---

　　① 宇治金时：一种色彩对比分明的日式甜品。做法是先将以宇治抹茶加砂糖、水煮成的绿茶糖浆淋在刨冰上，再在旁边加上以砂糖熬煮的红小豆。

　　② 盂兰盆节：每年农历七月十五日为盂兰盆节，中国也称为 "中元节"。盂兰盆节在飞鸟时代传入日本，现已成为日本仅次于元旦的盛大节日。盂兰盆节在日本又称 "魂祭" "灯笼节" "佛教万灵会" 等，原是追祭祖先、祈祷冥福的日子，现已是家庭团圆、合村欢乐的节日。每到盂兰盆节时，日本各企业均放假7—15天。

此的假期计划。朋友说，往年到了法定休息日时，他总会去其他地方旅行，但是今年他打算把假期用来学习。我这位朋友很喜欢旅行，可是今年他居然哪里都不去，着实让我有些意外。于是，我便担心他是否遇到了什么麻烦。可是从他的脸色来看，倒是一点没发现经济拮据或者心情不好的迹象。

我说："你居然说自己在放假时哪儿都不打算去，还真是少见啊。"

朋友回答道："今年的夏日假期，我打算在家里学习。"

我小声地重复："啊，学习呀……"

"对，总之是要好好学习了。"朋友说着，终于用勺子挖到了冰宇冶金时的红豆沙，他赶紧用勺子舀起来好多，满面欢喜地送进嘴里。

总之就是要好好学习，我总觉得这是一句很令人感觉清爽的话。对了，我也该趁着夏日假期好好学习了呀。

我曾经在该学习的时期逃避过学习，所以从长大成人到现在，我都无比懊悔和羞耻于当初的行径。其实我每天都在学习，只是不想让别人知道罢了。每一天，我都像高考生一样，为自己制订学习计划，按部就班地学习。有时候想一想，像我这么大年纪的人还要受这份累，真是太可怜了。可是，我想知道的、想学习的东西堆积如山，我又岂能放任自己的无知呢？我曾经因为学历太低而羞愧得恨不得找个地缝钻进去，所以，我真的不想在一个地方输一辈子。就是因为这些，虽然我现在已经长大甚至年老，但我仍然每天坐在书桌前苦读。

我问朋友，他想学习点儿什么。朋友回答说，他想学习一些跟现在从事的茶道工作有关的知识，也就是要进一步学习茶道。我也想拥有不输给任何人的专业知识。总而言之，我这位朋友将要一心一意地学习茶道，直到他终于可以骄傲地说，自己的茶道知识不输于同公司的任何一个人。我被朋友的话深深地感动了。

在未来，只能按部就班地完成工作的人，会渐渐被组织和社会需要所淘汰。人一定要有至少一个专精专长的领域，并将此作为自己的"王牌"。只有这样的人才是未来社会所需要的人才。然而，"王牌"不是一朝一夕就能弄到手的。因此，我们必须每天认真学习，现在还不是随便享乐的时候。

不管到了多大年纪，我都想不断地学习。读书，办杂志，旅行，看电影，听别人说话，听音乐，如果自以为这些就是学习了，那可就麻烦大了。学习需要的是勇气和忍耐，需要有周密的计划，还要有能够屏蔽外界各种干扰的能力。并且，学习不是简单地记忆知识点，而是有自己一个人的发明与发现。

我总会把读到的、值得记住的东西写在笔记本里。这也是今后的时代对个人的要求之一。虽然有现学现卖的嫌疑，诸君也不妨写写看？

首先要拥有个人专精的领域，其次要拥有时间管理能力，还要拥有明确的信念感和价值观，感知和适应社会变化的能力，熟练使用最新工具的能力，让人信赖的能力，明确目标的能力。我们要经常以这七大能力自问，然后还要不断学习。总之，就是要终身学习。

　　从三十多岁到四十多岁，我除了工作一直在不断地学习。到了五十多岁以后，我希望自己能把学习到的这些"无形资产"有效地运用起来。

　　学习真的让我很开心。

因为我是"老字号"

最近，老字号企业相继发生了丑闻。我对此感触很深。

《生活手帖》杂志社创立已超过六十周年，我们在杂志社中也算是老字号了。老字号企业正是因为得到了社会各界极大的信赖，才能平稳地跨越百年岁月生存下去。无论在何种时代、何种社会，老字号都是必不可少的。虽然不少现代企业也在拼命努力，甚至可以说，正是企业的付出才维持了新时代经济的生命力，但是，人们往往更信任千百年来有口皆碑的老字号。如今，老字号企业相继爆出骇人的丑闻，正是因为这些老字号以消费者的信任为盾牌，居"名"自傲，丧失了对消费者的感恩之心呀！这些老字号企业的经营丑闻和假货问题，昭示出的是它们对社会信任的背叛，以及对长期支持产品的消费者们的过河拆桥。我越是深入关注每天的相关报道，就越是生出一种被从头到脚浇了一盆冷水的感觉。我真是发自内心地感到不寒而栗！我们杂志社也是靠着老字号的招牌继续经营着。如果没有爆出这些老字号企业的丑闻，我根本不会发现，原来我们杂志社每天的工作态度和工作方法也存在着很多问题。我们有时也会推卸责任、傲慢无礼，或者是将自己的意志强加于人，甚至伤害到相关的合作者。

比如，我们频繁寻求他人的帮助。如果总是依赖他人，渐渐就会觉得让对方做什么都是理所当然的，自己也开始坦然地接受别人的帮助。每当工作伙伴为我做了点什么的时候，我都会想到，对方的善意其实不是为了我个人，而是为《生活手帖》杂志的老招牌。由此，我也终于明白了，《生活手帖》杂志社这般的老字号、老招牌，对于其经营者来说自然是有益的，但也并非全无害处。在给经营者带来便利的同时，老字号也像麻药一样不断麻痹着经营者的神经，让他们渐渐放松了规避危险的警惕之心。这也是没办法的事情。

我经常会想，员工们应该学会作为职员的工作态度和工作道德、礼节，并且时刻记得反省自己、回归初心，常保谦虚、坦率、勤勉、感激之心。如果在多年积累的信赖和信用之上盘腿而坐、居"名"自傲，难免就会走下坡路。人如果忘记了初心，就什么都完了。

每一天，我都要好好看看镜子里的自己，看看自己脸上挂着的是什么样的表情，看看自己示以众人的是什么样的眼神。如果我自己都对这副表情和姿态不忍直视，自然也不可能以这种形象去投入工作。我每天看着镜中的自己，越看就越觉得我对自己的了解增进了，并由此生出了一种感恩之情。若是心中充满感恩，人们便不会去做诸如说谎、欺骗、偷工减料等不良之事，即使失败了也能坦然承认。

我总是看着镜子里的自己，然后闭上眼睛，把双手放在胸前认真反思。每一天，我都会先想一想那些购买了《生活手帖》的读者，再想一想那些参与编辑《生活手帖》杂志的相关成员，然后才投入工作。毕竟，我们的真正利益绝不是眼前的金钱，而是那些支持着我们工作的人们每一天的笑脸。毕竟，老字号是人情与信赖的产物。

背影

我总是很在意离别时的背影。

人们总是有意识地在人前展示自己，因而会特别注重仪表整洁，要选择合适的服装穿搭，要化妆，要佩戴首饰等，出门之前还要照照镜子。很多人即使走在外面，看到镜子也要忍不住照一下，检查自己的仪容是否还得体。

当着人家的面打量对方是不礼貌的。如果还是被陌生人盯着看的话，就更讨厌了。当然了，被知己朋友目不转睛地盯着也不是什么舒服的事情。如果对一个人有好感的话，盯着对方看自然是可以理解的，因为这绝对不是出于恶意。

人的喜恶是不能轻易控制的。对我而言，我最欣赏的就是人们的背影。啊，这么想来，似乎在很多影视剧里也看过类似的情节——因为觉得失礼，所以不敢正面看人，只有当与对方擦身而过之后，才会回头凝视对方的背影。很多人也会用镜子看看自己的背影。某种意义上，背影是毫无防备的。我们展示于人前的一面往往都是好的，但是我们的背影会因为卸去了平日的伪装和修饰，变得朴素而真实。从背影之中往往能看到一个人最真实的一面。

每次遇到背影漂亮的人时，我都会非常感动。从背影当中，不仅可以看到对方的行走姿势和身体的平衡，还能看清对方西装革履下的身段，甚至看出他的生活方式和日常状态。

很多人从正面看起来很棒，从背影看却显得十分散漫。这些人往往以为只要把显露在人前的仪容整理好就足够，至于背后的姿态和风度如何，就都无所谓了。

我曾经住过一家位于九州汤布院的高级旅馆。那家旅馆的外部装潢十分古老，一看就很有年头，可是房间里的布置总让人觉得这年代感很虚伪。后来，我去看了这栋建筑的后身，果然找到了现代新式建筑的构造。从正面看，这家旅馆的确是一栋历经两百年沧桑的老建筑，但从背面来看，很容易就能发现是一个谎言。某种意义上，这个道理于人于事都是相通的。我们在看待人或事物的时候，守礼仪首先是重要的。但是很多时候，如果我们不关注人或事物的反面，就无法了解其本质或善恶。我们常常因为怕忙碌、怕麻烦而只关注表面，然而，如果只以此判断生活中的人或事的话，那真是太武断了。

譬如，为某一篇报道配照片时，如果直接把要拍摄的物品摆在那里，就会觉得哪里看着不太舒服，或者是觉得照片拍得不太清楚。这时候，我往往会在物品的背面下下功夫，比如在物品的后面黏上一块小黏土，或者是放置一个小支架。做完这些之后再拍摄时，照片的效果就会好多了。

但是，如果从背后看去，我们就会发现这"完美"角度的背后存在着多么荒唐的谎言。靠谎言拍出来的照片不会触动人心的，因为太不自然。但是，仍然会有很多人觉得，为什么一定要知道事物的真相呢，只关注美好的照片不也很好吗？

不了解事物全貌的人其实有很多。这样的人满足于只观察事物之一处，也往往以"半盲目"的状态度过一生。

不仅仅是摄影，写文章也是同理。很多人在写文章时看似胸有成竹、落笔成章，其实往往把写作对象囫囵写了个大概。虽然他们写作的内容也来源于真实生活，但是他们的文字因为未能传达生活的本质而无法触动人心，反而让读者看得云里雾里。这些写作者之所以无法写出生活的本质，是因为他们自己对生活缺乏感悟。他们的眼睛虽然睁着，却没有在生活中观察到什么有价值的东西。既然看不到，自然也就写不出。即使动笔硬写，写出来的东西肯定也是单薄和乏力的。无论是照片、插图，还是绘画、文章，都可谓是创作者目之所观、心之所及的表现。

一切人、事、物都有正反两面。进一步说，从某一人、事、物的侧面看或者背面看到的"景致"往往与从正面看到的大不相同。在当代社会，我们都应该培养这种灵活坦率的思维和视角。

我并非想以这种思维和视角寻找某种东西，而是想用它们来创造新的相遇。发现错误并不是一种痛苦，发觉善良更加是一种训练。

突然想到一件事。在一天当中，我们看到过的别人的背影有那么多啊！在电车里，在职场上，在走路的时候……我们似乎总能看到许多人的背影。换个角度想，我们自己的背影也会被很多人看到。

比起表面，我更看重内在；比起正面，我更在意背影。

哎，今天也要努力工作呀。

人生大事年表

有一天，我们编辑部突然接到了丸谷才一老师的电话。

作家丸谷才一老师的声音在电话里听起来非常有精气神儿。他夸赞我们登载在《生活手帖》杂志上的炸鸡块的照片拍得极好，一看就让人觉得非常美味，而《米其林向导》拍出来的菜肴照片就看起来很糟糕。丸谷先生说："我想举出几个照片拍的不好的杂志名，可以请你们写在报纸专栏上吗？"

得知有读者这样认真地欣赏《生活手帖》当中的料理照片，我深深地感动了。

丸谷才一老师又说："信用卡有信用卡造型设计师，不过，帮助拍摄菜肴照片的设计师又要做些什么呢？能不能请你告知一二？"丸谷老师对眼前的一切都充满旺盛的好奇心，真是让人佩服。

帮助拍摄菜肴照片的是料理设计师。他们的工作是按照料理的颜色与属性，将与之色彩相配的碟子、桌布、筷子等小东西都准备齐全。于是我回答说，为了让好不容易做出来的菜肴看起来更加好吃，就需要料理设计师们为这些美味佳看"化一个妆"。丸谷老师说："原来如此，我明白了。原来还有这样的工作，我一直不知道。"然后，他向我道了谢。

我非常喜欢阅读丸谷先生的作品。因此，对我来说，这一天与丸谷先生的对话就成了我最难忘怀的事情。以此为契机，我也比过去更喜欢看他的书了。说来也许会被人笑话，后来，我还去了丸谷先生常去的那家位于银座的理发店。

从丸谷先生的著作中，我学到了很多东西，大事年表的制作方式就是其中之一，如今又再次派上了用场。丸谷先生在他的作品中提到，读书的诀窍之一就是制作索引和大事年表，读到这一句之后我才知道索引和大事年表的作用，至今我还照此实践着。

上小学的时候，我就特别喜欢制作历史学科的大事年表。那么，在读书之外的大事年表又能有什么用呢？

假设夫妻之间吵架了，或者是自己和亲人朋友吵架了，我们就要想办法收拾自己的心情，去修复跟对方的关系。在这种情况下，大事年表就能起作用了。我们可以试着制作出与对方从初遇至今的大事年表。哪怕能想起来的只是一些琐事，我们也要把至今为止与对方经历过的所有事情都记录在大事年表上。对了，写在纸上的这一步骤是很重要的。通过亲自动笔书写，我们就能把脑海中模糊的记忆转变成看得见的文字。在制作大事年表的过程当中，我们会发现，不知不觉间，许多自己与对方共同经历过的、无可替代的回忆都慢慢地苏醒了，我们的心中也会不由地涌现出"啊，原来我们之间发生了这么多事啊""原来你帮了我这么多次""真高兴认识你呀"之类的想法，并且开始认识到自己的错误，变得更加坦率。这些就是制作"人际关系大事年表"的作用。

通过制作大事年表，我们能更加冷静客观地对待他人，并且对周围人充满感谢之情。如此一来，紧张的人际关系自然就能获得改善。

"人际关系大事年表"还有其他用处呢。比如说，感觉当前的工作很辛苦，犹豫着要不要辞去工作的时候，就可以试着制作一张公司和自己关系的大事年表。即使在公司工作的时间不长，想来也有很多值得写下来的事情，想到了什么都可以写下来。这样一来，我们便能够回忆起与公司的种种羁绊，即使现在过得很辛苦，也一定能找到重新振作起来的理由，继续努力下去。

历史就是事实。通过梳理各种大事年表，我们能重新拾起过去的那些事实，让心情平静下来，心灵也变得更加清爽谦逊。

在面对工作和生活中的各种问题或烦恼时，不妨试着制作一张大事年表吧！

总而言之，我们要经常记得回头看看走过的路。当然，制作索引也是一个好办法，大事年表和索引搭配起来的效果堪称完美。

现在的我每到休息日时，都会一边与父母聊天，一边制作我父母的人生大事年表。通过跟他们聊天，我知道了很多以前不知道的事，每一次聊天都令我特别感动，或许在这一过程当中，我的儿时记忆也随之苏醒了吧。我不禁感叹历经沧桑之后人的巨大魅力。虽然在聊天过程当中也会听到一些我不想知道的故事，但是既然知道了，我就会忠实地记录下来。这或许也是制作大事年表的妙趣所在吧！以制作大事年表为契机，我趁着父母身体健康的时候增加了很多与他们沟通和相处的时间。父母健在时多陪陪他们也好，切莫等"子欲养而亲不待"时才知道后悔。

以上这些都是我对大事年表的活用方法。最近，我正在寻找制作大事年表的新对象，每当想到什么时，我都会把想法写在笔记本上，然后再回去慢慢思考。不管怎样，在生活和工作中制作大事年表都是一件相当快乐又有意义的事情，我保证，它一定不会让你失望。

おいしいおにぎりが作れるならば。

只要能做出好吃的饭团

只要能做出好吃的饭团

　　电视里播送了这样一则新闻：失去安眠之地的失业者在冬季的天空下一边哈着白气，一边大口大口地吃着热气腾腾的饭团。这影像真让人瞠目结舌。他们吃得很香，饭团吃完之后，他们还耸起肩膀以便吃掉粘在手指上的饭粒。这有些滑稽的样子令我想起了小时候的自己。在旁人看来，这则新闻也许不值得落泪，我的眼里却充满了泪水。泪水模糊了我的视线，我用手掌擦着眼泪，虽然一时看不清电视影像，但我分明听见电视里传出了"饭团真好吃"的评价。

　　小学四年级的时候，我在家庭课上第一次学烹饪，当时学的是煎鸡蛋和土豆沙拉。做菜的步骤是固定的，所以貌似也没什么乐趣。我按步骤轻松做完了煎鸡蛋和沙拉，心里迷迷糊糊地想着："原来烹饪就是这么一回事吗？"我的脑海里一片茫然，以至于在最后品尝菜肴时，连味道也没记住。

　　回到家，我把当天上家庭课的情况告诉了在厨房忙碌的母亲。母亲说我学的不是烹饪，是老师说错了。那我学的是什么呢？母亲笑着回答："你们学的东西嘛，就像玩游戏一样。这和烹饪不一样，比方说，我每天都会给你们做饭吧，那才是烹饪。"我听完，脸上写满了困惑。母亲便说要教我做一道真正的菜，然后嘱咐我先去好好洗个手。

母亲首先对我说："一碗一合。"然后，她让我舀五合大米，又让我在舀米的同时对大米说"你好"，我只好连说了五次"大米先生，你好"。后来，米终于舀好了。母亲看着地上散落的两三粒米，又对我说："如果不管这些掉在地上的大米的话，大米先生会不高兴的。你应该跟大米先生道个歉。"于是，我又说："大米先生，对不起。"然后把地上的米捡起来放进了笸箩里。

在母亲的教授下，我学会了淘米的方法。母亲凝视着我的眼睛说，淘米时绝对不能用力地搓米，而是要温柔地搓。要像拜神似的双手合十，再用两只手掌夹住大米，慢慢地上下揉搓，让米粒之间互相摩擦。母亲让我把淘米用的笸箩放在大碗里，又让我一边淘米一边在口中念叨"大米啊大米，希望你变得更好吃"。等淘米水变白后倒掉，再重新接一盆清水淘洗。如此反复三四次，大米就淘洗好了。然后就是把大碗里的笸箩拿下来，再把水控干，把大米直接倒出来放到干抹布上，略微风干。

过了一个小时后，母亲说可以煮米了。随后，她把大米和水放进电饭锅，又让我打开了开关。我鼓足干劲按下了煮饭的开关，母亲微笑着对电饭锅道谢。母亲告诉我，当电饭锅开始呼呼冒热气的时候，就证明米饭快做好了。我一边唱着"究竟好不好吃呀，好不好吃呀"，一边围在电饭锅边跳舞。忽然，咔嗒一声，电饭锅的开关跳动了。我高声叫了起来："米饭做好啦！"母亲却说："现在还没做好哦，煮好了之后还要再稍微闷一会儿。"我兴奋不已，内心十分期待自己动手煮好的大米饭。母亲用温柔的目光注视着我，笑着说我做的米饭一定特别好吃。

电饭锅盖终于打开了。白色的热气下面藏着银光闪闪的大米饭。我高兴得一时说不出话来，只好以几个看着有些奇怪的动作表达我那满心满眼的喜悦。

母亲说："你做得很好。"随后给我盛了一小盘米饭。我说米饭特别好吃，母亲盛了一勺米饭送进嘴里，赞同我说："是呀，真好吃呢。"

接着，母亲对我说："接下来，我来教你怎么做出好吃的饭团。只要能做出好吃的饭团，那么你这一生就都不会遇到烦恼了。所以，你要牢牢记住这个做法呀。"母亲还说，烹饪的关键不是按部就班，而是要学会如何用心去做。母亲握着我的双手，微微弯下腰来，让自己的视线跟我的眼睛一样高，她认真地看着我的眼睛，说："绝对不能对烹饪开玩笑。"

母亲把刚煮好的、热腾腾的米饭盛到碗里，然后让我从碗中取一点米饭出来，放到自己的手掌里捏。我依照母亲说的，温柔地握住了米饭。黏糊糊的饭粒碰到了我的手指，又溜进了手指弯曲时产生的缝隙中。母亲告诉我，捏饭团时也要像煮饭时一样，一边捏一边在口中祈祷它变得更好吃，不要只想着赶紧捏完了事。听了母亲的话，我又从碗里取出一点热乎乎的米饭，把米饭放到略微靠向手指根部的地方，一边捏着饭团，一边让身体跟随着手上的动作上下运动，口中还念念有词。母亲接着让我在捏饭团的时候，想着喜欢的人的面孔。我一边捏着饭团，一边在心里想着：我喜欢的人是谁呢？

想着想着，我的脑海里忽然浮现出了一个人的面孔。我便一边想着那个人，一边把饭团捏成一个球形，又在手上放一点盐继续捏。虽然一开始我捏的饭团不太好，但是我记住了捏出美味饭团的诀窍。后来，我终于学会了在不掉饭粒的前提下捏出美观又好吃的饭团。做饭团真是令人开心得不得了。

饭团都做好了，我把它们一个接一个地码到盘子里。站在我旁边的母亲也做了好几个。最后，我们又给饭团卷上了紫菜。

"捏饭团的时候，你心里想的是谁呀？"母亲问道。

我害羞地指着码成一排的饭团们说："做这个时想的是妈妈，这个是爸爸，这个是姐姐，这个是约翰（我家的狗），这个是太郎（也是我家的狗）。"母亲也指着她做的饭团说："这个是你，这个是爸爸，这个是姐姐，这个是约翰，这个是太郎。"说完，她递给了我一个饭团，说："做这个饭团的时候，我想着的是你哦。这是我专门为你做的，你也把专门为我做的饭团送给我吧。"我和母亲交换了彼此为对方做的饭团，一起说："我开始吃了！"说完之后，我们都吃了一大口。然后，我跟母亲又几乎同时大声惊叹："真好吃。"我答道："好吃是肯定的。因为我在捏饭团时向它们祈祷了好几次，它们听到了我的祷告，当然会变得更好吃咯。"母亲微笑着点了点头，对我说谢谢。我也说："谢谢妈妈。"

母亲对我说："你要记住，我们刚才做的这些才叫作烹饪。只要能做出好吃的饭团，无论以后遇到了什么难关，就都能生存下去。不会做其他的菜也无妨，但绝不能不会捏饭团。在以后的工作和学习当中，你也会应用到捏饭团的诀窍和心得，所以永远都不要忘记我今天教你的方法。知道了吗？"

后来，每当我在生活和工作中陷入困境，我都会想起小时候和母亲一起做饭团的经历。饭团的做法不是单纯的步骤罗列，而是要将快乐、温柔和爱融入饭团当中。这不正是我们面对生活和工作时该有的心态吗？无论是做扫除，还是做饭，无论是琐碎细小的工作，还是齐家治国的大业，都需要像捏饭团一样，把快乐、温柔、乐于分享、感谢相遇等等的感恩之心融入其中，让这些感情支撑着我们向着终点不断前进。

只要能将制作美味饭团的方法举一反三，以这一心得为基础，将其应用于生活的方方面面，以后无论做什么事情，就都能做得好。

直到现在，我仍然铭记着母亲说的这句话，将做饭团的心得融入每天的生活和工作中。

现在，世界上有很多受苦的人。看到电视里那些无家可归者们吃到别人制作的饭团之后兴高采烈的样子，我不禁扪心自问：自己的生活和工作方式是正确的吗？为了做出好吃的饭团，我想重新锻炼自己日渐松弛、麻木的身心。

今天，我想起了和母亲在一起的时光。我也想和自己上小学五年级的女儿一起做饭团了。

一杯茶

从年末到次年年初的假期里，有一天的某一刻，我把身体陷入坐惯了的沙发里，顺着家里的小窗户眺望那一块熟悉的四方天空，望着望着，我忽然对这一小片天空着了迷。

我不见客人，也不看电视。所谓的新年休假，就是既安静又有些寂寞的，否则就不算是像样的假期。

每当这种时候，我总会让自己沉浸在周围生活的种种当中。现在的做法是正确的吗？以后会变成怎样？想着想着，一种说不上是好是坏的、像是双脚离开了地面似的幻觉就会涌过来包裹住我。我迷迷糊糊地环视四周，仿佛周身的一切都在摇摇晃晃，而我心里的不安和焦虑也开始从头脑或躯干的某处"破土而出"，逼着我在"该怎么办"和"以后会如何"的问题里不停胡思乱想，整个人变得越来越烦躁。

在迎接新年之际，我发现，自己不想囫囵了事的问题真是比比皆是，充斥在生活的各处。

这时，总有一本书会平静地伸出它温柔的手，帮我抚平心中的焦虑不安。这本如同护身符一般的书，就是冈仓天心写作的《茶之书》。冈仓天心博学洽闻，从美术到礼仪、风俗和行为习惯等，他都无一不晓。为了向西方人讲解被誉为日本美学宗教的茶道和花道之妙，他才写作了这本《茶之书》。

这几年来，我一直将这本《茶之书》奉为我的座上宾，一边阅读书中的文章，一边据此纠正自己的生活态度。在《茶之书》的教导和指引下，我不顾艰辛，不断学习和尝试，在苦与乐、哭与笑之中体味人生。

虽说是读书，但是说到我与《茶之书》的关系，却不能只简单地说成是我在阅读它。所谓读书，就是让自己进入书中所写的另一个世界里，像成为一名探险家似的独自凝神思索。即使你在书中的世界里有了什么奇遇或对话，到最终，你也只会认为这只不过是一次普通的单人旅行。

在《茶之书》当中，我确实学到了很多待人接物的智慧。每当我一翻开这本书，我就会忽然感到自己心里那块沉甸甸的石头终于落地了，而我也终于能够以一个旁观者的视角去看待那个不久前还在紧紧拥抱烦恼的自己。我一边读书，一边开始审视自己："唔，原来自己心里的这块石头长这样。那它到底是什么呢？我再继续看看吧。"换句话说，我的阅读可能更像是在与某个人对话，或者再确切一点说，就像是一场问与答。而每次与这本《茶之书》"聊天"时，我那焦躁不安的心都会变得平和、温暖又愉快，完全忘记了和周公下棋的事。

"哎呀，不喝口茶吗？"

冈仓天心的这句话像云一样浮现在我的脑海里。恍惚间，他仿佛就站在了我的身边，在我的耳畔轻声说："来，我给你沏杯茶吧！"说着，他在茶碗里放入一小撮茶叶，再慢慢地往茶碗中注入沸腾的水。他静静地看着茶叶在热水中逐渐舒展开，茶汤颜色也渐渐变得嫩绿。我也静静地等候在一边，守着茶叶在茶碗中轻轻地开放。等到茶叶终于沉入茶碗底后，我便开始品尝。我把每一口茶都当作新鲜的第一口茶细细品味，随后放下茶碗，微微舒一口气。这时候我才发觉，自己的内心一下子平静下来了。

茶是真好喝。我也喜欢咖啡，不过，我总觉得还是茶更适合我的生活。咖啡毕竟不是一天能喝几杯的饮料，而茶则不然。我最喜欢中国茶，平时也经常饮用日本茶、抹茶、香草茶等。茶可以在早、中、晚三餐时饮用，即使从早到晚都喝茶也没什么禁忌。茶和美食也很相配。如果有一块美味的面包，那么次日的早餐时间就令人期待了。然而，如果有一杯好茶的话，那么次日整整一天都会令人愉悦。我曾经把自己这番见解告诉了一位年长的朋友，他笑着回答我说，他也是这么想的。

在《茶之书》一书中，冈仓天心告诉读者，事物不是用眼睛去看的，而是要用心去观察。我一边品茶，一边反复咂摸着这句话。我把身体陷进柔软的沙发中，在半梦半醒间思考着生活的种种。我不禁扪心自问：自己在日常生活中是不是用心观察事物呢？自己又是否深爱那些藏在日常琐碎之中的美好呢？

现在的我追求的是一种融入了道教和禅宗等理念的日本式思想。我渴望回归生活的美学和素养，向往着那些简朴幽雅的茶室和寺院，也向往着茶道的修养、庭院的布局、插花的技艺等精神方面的东西。这些东西本是我们在日常生活中提炼出的精神与哲思，充满了知性与优雅，跳脱出物质的禁锢，具有丰富的内涵。

写到这里，请让我再引用一次冈仓天心的话："哎呀，不喝口茶吗？"

去中国台湾旅行时，我总会让自己的每天都被清茶灌满，如此方能尽兴而归。如果要见客人，我就会用一杯茶来招待他。简单来说，沏好茶之后，茶水就算喝完了也能接着续水，无论何时何地，有关茶的待客之道总归不少。与陌生人围坐在同一张桌子前，一边喝着同一壶茶水，一边拉拉杂杂地谈天说地，从"你好"聊到"再见"。在这里，你可以自由自在地畅谈所思所感，而不必再考虑那些过于黏腻的人际关系，只需带上一个开朗的笑容便万事大吉。

以茶待客的人大多都有自己的茶道心得，生活也往往简朴又安逸。而这样的生活又会反过来唤回迷途中的人们，让他们以茶为媒，发现隐藏在生活中的小美好，同时也为他们创造出一个可以与他人分享心情的温馨之所。

我的朋友们都喜欢茶。我总是以与朋友见面为由出门旅行，对我来说，不为观光，也不为工作，只是为了去见一见那些想见的人，这样的旅途才是最幸福的。旅途中的我放下了平时的忙碌或挑拣，什么都想浅尝辄止。是了，就是要"浅尝"。因为美好的事物一定都藏在平凡的细微之处。未来的我也将继续踏上旅途，与朋友一同饮茶。我也将继续热爱那些平凡细微之处的美好，找回心中的那份宁静。

　　生活中最重要的不是结果、答案和完成进度，而是迈向终点的这个过程。如何去体验这个过程，如何去思考它、爱它才是生活中最重要的部分。我们也可以由此去理解人生的目的，说白了就是活着的意义究竟是什么。

　　《茶之书》中也载有一些道教的教义，这些内容是老子的教诲。"道"是道路之意，但它不是单纯的街道，而是行走的过程本身。它也不是一个固化的形式，而是会经常运动、变化、时隐时现的。并且，它还教导着世人："世上没有绝对的事情，一切绝对都是相对的。所谓的恒定不变，只不过是停止了生长罢了。"

　　道教与儒教和佛教不同，它接受现有的现实世界，致力于在肮脏无靠的世界中寻找生活的美好。因此，中国的很多古人总是将道教思想誉为生活的大智慧。

　　我抬头仰望新春的天空，云随风动，不断变化着自己的形状。我也想让自己的生活像云一样自由地流动、变化。我不想再追求目之所见的物质财富，我想让自己从物质的禁锢中脱出身来。所谓的美好，其实就藏在用心将不完美的东西变得完美的过程中。我想学会理解这种美，我想去用心观察事物，我想去热爱那些隐藏在日常琐碎中的小美好。我想过着洁净、简朴、谦逊、安逸的生活。最后，让自己享受平凡。

我相信，美好的生活始终存在着，只是我们一直未曾发现。我们的改变也并非为了创造美，而是为了重拾那些被无视、丢失了的美丽。

啊，春天来了。

河田先生

Au Bon Vieux Temps 是一家位于尾山台的法式点心店。这家店离我家很近，我一想吃甜食的时候，就会过去买。

接手《生活手帖》杂志社的工作之后，我首先想到的不是"奢侈""高级""全新"之类的词，而是"正宗""优质""基本"这三个词。所谓正宗，就是即使时代变迁也不会改变样式或传统。进一步说，正宗就是不以一时流行或个人感觉编排而成的事物。我希望能够像对待新闻报道一样，来对待烹饪和手头的工作，并以此为基础，尽力谨慎地向诸位读者们传递传统之美。

Au Bon Vieux Temps 的河田胜彦先生曾经教过我制作点心的方法，因此我一直希望能够把他和他的店铺写进《生活手帖》杂志，这是我多年的梦想。我知道，河田先生每天都在努力重现法国传统点心的美味。河田先生在四十多年前曾经到访过法国的波纳地区，在那里吃到过法国传统的烧烤点心"油酥蛋糕"。后来，他始终忘不了那道点心的美味，为了再现当时的味道，他开始自己制作法式点心。我每次去 Au Bon Vieux Temps，必定会买一份油酥蛋糕来吃，因为我知道只有河田先生制作的油酥蛋糕味道最正宗。即使不知道油酥蛋糕出自著名的河田先生之手，吃下去的时候也会赞不绝口。我总觉得这道点心可以称得上是河田先生的人生代表作了。

　　第一次与河田先生见面的时候，我滔滔不绝地向他讲述了自己今后想要如何编辑《生活手帖》杂志，想要将这本杂志的何种传统好好保留下来等等。因为当时的我太过紧张，那次谈话的很多细节我已经记不太清楚了，只记得我当时说了很多次"正宗"一词。河田先生默默地听着我讲话，时不时认真地点头附和我。我们大概这么谈了两次话之后，河田先生终于同意让我们《生活手帖》在 2008 年的春季刊上刊登出 Au Bon Vieux Temps 秘制果酱的菜单。我高兴得几乎当场跳起来，河田先生的秘制果酱是用水果加半糖熬煮的，成品果酱的甜度在 65% 到 70% 之间。保持这种甜度非常重要。只要煮到冒泡之后，甜度大概就达到 65% 了。通过这种方法做出来的果酱能够充分地挖掘出水果特有的清甜美味，重要的是不要煮得时间太短，当然也别煮得太久。

　　和河田先生一起工作的那段时间，最是让我感动。

　　后来，我们又在《生活手帖》2008 年的冬季刊上，刊登了洛林乡村咸派①的烹饪方法。我跟河田先生说，想在杂志上

————————

　　① 洛林咸派：是以鸡蛋糅合牛奶或鲜奶油制成的糕点，为法国传统炉烤佳肴。它的派皮通常先经盲烤，再加入培根、火腿、芝士等食材，淋上生奶油、牛奶、盐巴与蛋液混合的酱汁，最后用烤箱烘焙。洛林咸派没有上层派皮，被归类为开放式馅饼。依风俗或习惯不同，三餐中皆有人食用。

刊登法国洛林地区^①传统咸派的做法，河田先生不假思索地答应了我的请求，说："好呀。那我就做一道最简单又最好吃的洛林咸派吧。我也好久没做过这道甜品了，真期待呀。"

于是，河田先生就带我进了厨房。他在厨房里烹饪，我则站在他的旁边看着。河田先生面露欣喜地自言自语："哎呀，真是好久没做这道甜品了。"在准备馅料食材时，他先把两种培根用黄油煎到酥脆，然后一边翻动着锅铲一边孩子似的嘟哝了好几次："哇，这色泽看起来真诱人呀！"

注视着这一切的我从中感受到了河田先生对料理倾注的爱意。在烹饪的过程中，河田先生的脸上始终带着笑容。他是真的喜欢烹饪，做的料理也确实达到正宗和优质的一切要求。

河田先生说，点心店就是点心师傅的"战场"。在看到河田先生的手之后，我便彻底相信了这句话。河田先生每天几乎无休地使用着双手劳作，他的一双手因而变得非常粗糙，令人有些目不忍视。

河田先生说："点心店的工作时间长是理所当然的，但是我一直不能理解为什么必须要工作这么长时间。在规定的工作时间内，完成规定的工作量是最基本的。如果不能按时

---

① 洛林地区：是法国东北部地区及旧省名，为历史上的洛林公国所在地。

完成，那应该是工作方法有问题吧。我最讨厌加班，所以我会在规定的工作时间内集中全力去工作。"我对此深以为然。我们《生活手帖》杂志社也从不加班。一般来说，人们普遍认为从事编辑工作的人加班到深夜是家常便饭。但是，不知道为什么，我总觉得人的集中力和紧张感不可能持续那么久。工作需要有张有弛，但如果不能按时完成工作，那恐怕就是集中力、紧张感欠缺或者自我管理不够严格的缘故。

　　我从河田先生的工作方式和工作态度中学到了很多东西。今后，我还想向他请教更多关于正宗的理解。

在筑地市场 ① 吃早餐

这几天，因为时节正好，我总是比平时早起一个小时左右，然后便去筑地市场吃早餐。后来，因为某次采访的契机，我又去了几家位于筑地市场的店铺。

说到在筑地市场吃早饭，大家都说早饭吃寿司有些奢侈。但是我从来没有在筑地市场吃过寿司。告知我筑地市场风土人情的长辈们说，在筑地市场吃寿司的大部分人都是不识风趣的游客。现在，寿司和拉面在游客中很受欢迎，颇有盛名的店铺门前也总是排着长队。然而，对于我来说，我最喜欢的店铺是"茂助团子"。

"茂助团子"是一家以串成串儿的美味团子而闻名的老店，店里的团子吃起来十分柔软可口，口感又格外独特，好吃得简直无法用语言形容。不过，我并不认为在早餐时就可以吃团子。我在这家店常吃的早餐是鸡蛋杂煮②，一杯售价

① 筑地市场：位于东京都中央区筑地的公营批发市场，亦是日本最大的鱼市场和首屈一指的批发市场。
② 杂煮：原名"煮杂"，是一种以麻薯为主，再加各式各样东西于汤汁中混合而成的菜肴，也是日本在新年中不可或缺的重要食品。吃杂煮的习俗传说是从室町时代的民间开始的。

五百日元。菜肴端上来以后，只见木制的大碗里盛着由优质鲣鱼熬制的汤汁和黏稠的鸡蛋，菜肴顶上还放置着一个烤年糕和两个味道绝佳的日本桥神茂出品的鱼肉山芋饼。三片绿叶和柚子皮轻轻地披在菜肴上做装饰，上面还放着一片烤紫菜。刚喝下第一口汤汁，就觉得味道鲜美可口，却又非常温和适中。在清晨时分，这份菜肴所带来的温柔静静地渗透进了全身每一处细胞里。

店主曾经说："我希望这道菜会成为客人们至今为止吃过的所有早餐中最美味的一道。"我曾经带着几位朋友到访过这家店，大家都对店里的菜肴记忆深刻。按照习惯，在与朋友一起吃饭的时候，用折起来的和纸将穿成串儿的团子包起来，就能够作为土特产送人。二十年前带我来这里的人说他自己已经是这家店铺三十年的老客了。他还悄悄告诉我："虽然菜单上没有写出来，其实，这里还能喝到大酱汤呢。"我现在也成了这家店二十年的常客，但是我还没点过店里的大酱汤。因为店里的鸡蛋杂煮实在好吃得让我无暇"另觅新欢"。

筑地市场的食堂和店铺的特点之一就是能够自如地应付任何订单。即使是吵闹又挑剔的丈夫，也能在这里实现他任何异想天开的要求。筑地市场就是这样一个神奇的地方。在这里，一边吃着店里的鸡蛋杂煮，一边打电话叫咖啡外卖什么的，都是家常便饭。在鸡蛋杂煮里加双份鸡蛋的订单要求也不算稀奇。但是，应付这些"任性"点单的客人往往需要一个好肚量，否则便做不来了。认为肯花钱就能买到一切东西，一旦这种态度露了馅，可是很丢脸的。

从"茂助团子"店铺走出来之后，我的肚子还只有六分饱，还想再吃点什么东西。于是，我避开跨越市场的电梯，走进了一条胡同里，那里有一家名叫"爱养"的咖啡专卖店。这家店也和"茂助团子"一样，是从日本桥的河对岸搬过来的老字号咖啡店，据说这里过去是所谓的牛奶大厅。这里咖啡的味道可称得上是筑地市场第一。店里只有一处吧台，店家会把咖啡放到不锈钢的大壶里，用热水慢煮保温，这种复古格调确实很好。我一进店门就有人对我打招呼说"早上好"，而不是"欢迎光临"，这就是筑地市场的做法。几乎所有的客人都是常客，所以只须坐在位子上把东西放好即可，根本不需要点单。店家总是说："我家的常客们来我店里不需要点单，我们能把客人们爱点的东西都记住，然后径直送上来。托大家的福，常客们几乎每天都会来店里捧场。"我总喜欢点一杯加了点糖的牛奶咖啡，再点一些果酱和黄油，随意涂抹吐司后再享用。

点半份的菜肴，或者随意要求哪一食材多加或少加点，都可以做到。店里有一种名为"配菜"的菜肴，是将果酱涂在黄油上的一道菜。这家店里也有"隐藏菜单"，那就是标价六十日元的水煮蛋。只要跟店家说一声，就能用店里特别订购的白蛋切刀把煮鸡蛋切片享用。店里的煮鸡蛋也可以选择半熟或者全熟的，若是点了半熟的鸡蛋，就可以把它放在黄油吐司上，再撒上一些盐享用，真是好吃得不得了。柜台上放着盐和酱油，是专门用来配着煮鸡蛋吃的。微甜的牛奶咖啡搭配吐司也很好吃。吃完后，店家会主动呈上浓浓的煎茶[①]。在客人喝了咖啡之后，马上为客人奉上煎茶，这种做法也是筑地市场的店家特有的。店家们都说，即使是最啰唆的客人也拒绝不了一杯热茶呢。

河岸收盘的时间大概是在上午八点，每到那个时间，筑地市场的店铺都会挤满客人，非常热闹。因为这时候，在河岸工作的人往往都下了工，吃完早饭后就准备回家了。到了上午九点，筑地市场的客人就越来越少，所有的店家也终于有了些闲时，悠闲地打开了晨报。

现在的我几乎不吃肉了，不过，以前年轻的时候，每当我走出了"爱养"咖啡店之后，我都会到市场外一家名为"狐狸屋"的店铺吃一份牛肉盖饭再回家，要不然就觉得心情不舒畅。"狐狸屋"也是一家卖杂煮的老店。啊，我又想起来那家店甜辣温和的肉菜香了。

---

① 煎茶：不知起于何时，是古代中国劳动人民发明的制茶工艺之一。后来传入日本。

石头剪刀布

一位久居巴黎的朋友前不久来到了东京。

朋友在奥贝尔的一家小咖啡馆工作，每天负责烘焙蛋糕和点心。这是她第三次来东京旅行。最近几年，我没有去过法国巴黎，但是在以前，我每年都会去巴黎两次。每次我去巴黎时，我的朋友总是很热情地照顾我。她很喜欢日本，作为回礼，我教了她日语。在我们的友谊持续期间，她在巴黎交了一位日本籍男朋友，也许是这个原因，现在她的日语水平已经非常好了。

腊月的某一天，我和她约好在表参道会合。因为朋友喜欢好吃的东西，所以我们就相约一起去吃午饭。我用英语问她想吃什么，她用日语回答道："我想吃荞麦面。"于是，我便带着她去往一家老字号荞麦面店。这家店铺于明治十三年创立，历史悠久。朋友穿着灰色的毛衣、卡其色的短外套、白色蕾丝边的迷你裙、黑色的紧身裤和靴子，乍一看像一个时尚的音乐人似的。我们一进店门，不仅是女服务员，连店里的客人们也忍不住回头看她。之所以选择这家荞麦面店，是因为我想带朋友体验一下店里朗读订单时特有的吆喝声。

我点了两份冬季限定的牡蛎荞麦面，又点了烤紫菜和鱼糕。

　　朋友品尝着美味的荞麦面汤汁，高兴地瞪大了眼睛。每次听到店家朗读订单时悠扬的吆喝声，朋友都会开心地微笑起来。她非常喜欢山葵，不仅是吃鱼糕，连吃烤海苔时也要涂了山葵吃，脸上又露出非常满足的表情。用炭火的热度烘烤出来的烤海苔香喷喷的，朋友最是喜欢。从荞麦面店出来后，朋友手里拿着刚脱下的大衣，正要往前走，眼神却被距离荞麦面店不到一分钟脚程的甜品店"竹村"所吸引了。"竹村"也是于昭和五年创办的老字号了。朋友欣喜地跑到店前，欣赏着日式古典建筑。我先给自己点了一份栗子汁红豆元宵，又问朋友："你能吃红豆沙吧？"朋友用英语回答说："没问题。"虽然朋友不擅品味漂浮着盐渍樱花的樱花茶，不过，她很喜欢粉色的樱花映在白水中的样子，还用相机拍了照片。我自己那份栗子汁红豆元宵还没吃到一半，朋友就把自己的那份吃完了。她还说："我还想再来一份。"我劝她说："这种点心还是只吃一份比较好些。"吃完点心后，我带着朋友走出了店门。

　　我在路边穿上大衣，问朋友："你还吃得下东西吗？"朋友回答说："没问题。"接着，她又说了一遍："我想再吃一杯栗子汁红豆元宵。"

　　为了让她不再对栗子汁红豆元宵心心念念，我带着朋友往"竹村"店铺的斜对面走去，那里有一家名为"伊势源"的豆沙锅店铺。我带她看了看店铺的玻璃橱窗，那里摆放着用冰覆盖着的生豆沙，摆了有一米多长。

"这是真的豆沙吗？"朋友问。

"是的，做成火锅还很好吃呢。"我说。

朋友又问道："那现在能进店去吃吗？"我骗她说，因为店还没开业，所以吃不着，豆沙锅只能在晚上吃，白天都是歇业的。

朋友品尝美食的兴致正浓，不依不饶地问道："店门不是开着吗？"

我只好继续撒谎说："这家店只在晚上开放。"然后不由分说地牵着她的手走到靖国大街上。

我问朋友接下来想去哪里，因为朋友还想再吃点什么，我只好带她去了红绿灯前的水果冷饮店，在二楼的咖啡厅里为我俩各自点了一个热烤蛋糕。

热蛋糕独特的香味和口感让人陶醉。虽然蛋糕表面撒满了有盐黄油和黑糖浆，但是味道不太甜，非常好吃。我这才明白池波正太郎为何如此偏爱这一糕点。多亏了这份热烤蛋糕，我朋友的心情才渐渐好了起来，我不由地松了一口气。

走出了冷饮店，朋友开始说起她男友的事情。因为国家之间的文化差异，他俩之间的矛盾好像有很多。朋友一直在不停问我："这种时候该怎么办呢？""为什么日本人会这样呢？"我想找家店铺进去，慢慢地听她讲话。于是我带着她来到了位于神田站附近的咖啡专卖店"王牌"。

"王牌"是一家由品德高尚的兄弟二人经营的老字号咖啡店，是工薪族和附近的大叔们最喜欢的休闲场所，店里标价120日元的紫菜吐司非常受欢迎。这样一家咖啡店里突然来了一位打扮时尚的法国女客，着实挺让人意外的。并且，这位法国人还用日语跟店里的人打招呼说："你好。"咖啡店的两位老板高兴又恭敬地回应了我朋友的问候。我点了咖啡店里的招牌点心，又点了一份紫菜吐司。由酱油、黄油调味烧制的紫菜搭配吐司面包，口感极为美妙。朋友非常喜欢这道点心的酱油咸和海苔香，连连说"好吃"。听到这句话，店主和满座的客人都很高兴。之后，她甚至忘记了跟我讲她的男朋友，只顾着和店主用日语聊咖啡。后来，她又点了一份紫菜吐司，店里的人们也更觉得她招人喜欢了。"王牌"咖啡店内和谐的气氛令我非常高兴。

后来，我们决定再走一会儿。太阳渐渐落下，带着秋意的凉风也吹了起来。我和朋友捧着吃得饱饱的肚子，觉得心满意足。

我俩走在靖国大道上，忽然，我朋友说想要跟我玩猜拳。法国也和日本一样有"石头剪刀布"这个游戏。她照着日式的玩法，一边说着"石头剪刀布"一边开始出拳。最后，我出了"布"，而她出了"石头"。

"哎呀，我输了！"朋友拉起我的手，在我的指甲上亲了一下。接着，朋友又说了一句："我吃饱了，谢谢你的款待！"听到她这么说，我忽然有些害羞了。

　　朋友快乐地走在路上，问我："咱们接下来去哪里呢？"我抬头，看着东京的天空被傍晚的赤霞染成了白光的颜色。

独一无
二的东
西

旧金山之旅

　　为了见一位朋友，我去了美国旧金山旅行。我先暂住在伯克利，再从伯克利出发前往朋友所在的村子。村子的名字叫作古恩达。

　　年轻时我就常常奔波于各地。现在，我也常常因为工作的原因不得不出门远行，在许多国家之间飞来飞去。每当回想自己多年的旅途生涯，我心中涌起的不仅仅是对旅程的怀念，还有一种对异国他乡的眷恋之情，仿佛自己在他乡也有一个家，在别国的土地上也度过了一番童年似的。我觉得异国的风土也同故乡一样亲切可爱，想来是因为这些地方也曾给过我美好的回忆，所以我才会心生依恋吧！当我重新踏上那片熟悉的异国土地时，我就会觉得特别安心，满心想的都是："啊，我终于回来了。"我甚至觉得，即使永远生活在这里也没什么不好的。对我而言，这个能给我带来故乡一般温暖的他乡就是旧金山。

　　11 月 18 日早晨，我抵达了伯克利。伯克利的天空总是那么的高远宽广、湛蓝美丽。穿梭在小镇之间的清风也温柔如水，令人心旷神怡。拉开窗帘，从公寓的窗户往外看，可以看到郁郁葱葱的伯克利森林一直延伸到海边。只需站在窗边凝神片刻，行程前的匆忙和旅途中的疲惫就都会在大海平稳的波涛声中悄然消散。我总觉得，旅行就应该什么都不要怕，什么都不要想，饿了就吃饭，累了就睡觉，怎么舒服怎么来。如果条件允许的话，再和异地的朋友们聚一聚。这就是我旅行时的作风，也是我奔波在外时对自己的最低要求。

我问朋友哪一天有时间见面，朋友答复我说21号有空。我便在21号的前一天租了一辆车，在旧金山市内漫无目的地开车闲逛。旧金山是著名的"山城"，因为好久没开车了，我便像小孩子似的驱车爬上一个接一个的坡道，尽情享受着让车子爬坡、下坡的乐趣。傍晚时分，我在驶回伯克利的途中遇到了堵车，往常只需要半小时的车程便可以回到伯克利，可我却在半路上堵了一个多小时。从旧金山市内回到伯克利要经过一座跨海大桥。因为正好赶上了下班的晚高峰，道路就被车子挤得水泄不通。初来乍到的我有点分不清自己是不是开对了路，一看到前面的路标，我就以为自己开错了车道，忍不住在左右两条车道上来回变换。然而，每当我心怀不安地打开转向灯时，在我后面的车子都会突然放慢速度，为我空出转向的空间。是不是因为我运气好，所以此行遇到的都是善良的司机呢？据说美国有很多不擅长开车的人，或许也正是因为他们大都不擅长开车，所以才更容易对我这种遇到困境的司机感同身受吧！我一边这样想着，一边为前面一辆打了转向灯的车子让出空间，待它转向之后，我也驱车踏上了归途。

从伯克利出发沿着80号公路向东北行驶一个小时左右，再变换到505号公路向北行驶三十分钟。然后开下高速公路改走乡村公路，在宽广的平原上行驶大约两个小时，便可以抵达古恩达。虽然这已经是我第五次来到古恩达了，但是每次开车来的时候还是会迷路。因为我总会误解那些乡村公路的路标，在本该转向的路口忘记了转向。我之所以总是记不住路线，是因为路边的风景实在太过单调，而且指路的路标都很小很破，稍不注意就会忽视掉。我这样形容可能有些夸张，但是那些路标的大小真的就跟把一把三十厘米长的竹尺横过来一样。当地人就在这么不起眼的一块小木板上写上道路的号码，再像戳个稻草人似的把它随意地戳到路边，这也难怪我这种外地客会因为没注意到路标而迷路了。想通了这一点后，我也就不再慌慌张张地赶路，而是气定神闲地驱车前行。不过对等待着我的朋友来说，我的这种"悠闲"可能并不值得高兴。彼时正是感恩节的前一天，朋友预料到了路上肯定会有些拥堵，但他没有想到我这样一个来过古恩达好几次的人再次来时还是会迷路。途中，我给朋友打了一个电话汇报了情况。朋友听后笑说："没事的，你慢慢开就好，不要着急。"

我的朋友名叫富兰克林，以制鞋维生。从三十年前起，他就开始专门为有行走障碍的人士提供定做鞋子的服务。虽然他的服务对象主要是有行走障碍者和他的母亲玛丽，但是由于他制作的皮鞋轻便舒适，穿起来像走在云端似的，博得了无数好评，所以不少身体无障碍的客户也慕名而来请他制鞋。尽管来自各地的订单日夜不断，不过富兰克林只接受通过电话或书信形式发来的订单，而且每天只接一张订单。因为手工做出一双鞋至少需要两周的时间。在制鞋时，最重要的一件事就是用石膏取足模。想要做出最合脚的鞋子，就必须测量双足的每一处尺寸，任何一个细节也不能放过。取足模时，要先小心地给双足裹上石膏，由此大致做出一个像足袋①似的足模。足模要制作两双，一双用于留档，一双用于制鞋。制鞋时，富兰克林会一边回忆着与客人交谈时的场景以及触摸顾客双足时的触感，一边进行工作。有一次，富兰克林正忙于工作时，我突然问他此时此刻心里正在想些什么。他很爽快地回答："我正在想着那个顾客呢！"在整整两个星期的时间里，始终全心全意地思考着顾客的需求，一丝不苟地为客人制作鞋子，这是多么不容易的事情呀！听到那句话的时候，我真是快感动哭了。这才是匠人的精神。

这次我去见富兰克林，其实主要是想让他帮我换双鞋底。虽然他跟我说不必亲自过来，只需把鞋子从日本寄过来就可

---

① 足袋：日式两趾袜子。

以，他会换了鞋底之后再寄回来给我，但是我更喜欢像现在这样，为了换双鞋底，千里迢迢地带着两双鞋去见朋友。仔细想来，这种"麻烦事"不也挺有趣的吗？

车子终于抵达了古恩达村。当我渐渐开近富兰克林的家门口时，他的母亲玛丽正站在家门前等着我，富兰克林也从忙碌的作坊里小跑了出来。他用双手紧紧握住我的手，喃喃道："还好你在天黑前就到了。"

我把两双鞋子递给富兰克林，他从我手中接过鞋子，仔细地看了看鞋子的四周说："你的鞋保养得真好啊。"接着，他又说："我这就去给你换鞋底。"然后马上朝作坊的方向走去。他的妈妈玛丽笑眯眯地站在旁边，从我进门时就一直盯着我看。虽然玛丽已经八十二岁了，但是背脊却依旧挺拔。每当我前来拜访，看到她在富兰克林家足有八英亩的庭院里精神抖擞地散步时，我都会被她的精气神儿所折服。这次也是一样。玛丽的脸上挂着亲切的微笑，仿佛昨天才刚跟我见过面似的。我跟她聊了聊近况，然后便漫无目的地在富兰克林家的院子里散步，一会儿追一追他家养的鸡，一会儿跑到树边摘果子吃，度过了一个悠闲自在的下午。彼时，在我头顶上的天空之中，古恩达秋季的黄昏正在给蔚蓝色的天空带来一场蓝、红、黄的美丽渐变。

"自己的船必须得自己划。"

我还记得在某一天，玛丽对我说了这句话。即使到了现在，我仍然把这句话当作生活的至理名言。是呀，人的一生并不是坐在别人的船上，任由别人把自己带到哪里去，而是要靠自己的力量获得一艘船，然后亲自驾着船驶向理想的彼岸。自从听了玛丽的这句话，我便在心中暗暗发誓：一定要成为自己人生的掌舵者，认真地过好每一天。

还有一次，我问玛丽："玛丽，你为什么每天都要在院子里散步呢？"玛丽简单地回答："走路可以让人的头脑焕然一新。"接着，她停下脚步，站在家门前精心栽培的玫瑰树前对我说："很多人借助别人的创意来工作，但是如果我们不能有属于自己的创意，如果我们不能找到那些只有我们才能做到的工作，我们就没办法在社会上立足了。"彼时的我刚刚投入一份新工作，她的话给了我很深的启发。

富兰克林两手提着换好鞋底的鞋子走出了作坊，说："鞋底换好了。咱们去摘柿子吧。"虽然秋收已经结束了，但是果树上还留着一些熟透的柿子。富兰克林说完也不回头看我，大步流星地向种着近二十棵柿子树的园子走去。

与老友重逢，发现彼此之间都没怎么变。重逢时也不去做什么值得纪念的大事情，只是见个面、聚一聚而已。然而，就是这一场再平淡不过的故友重聚，却让我在悄然间变回了那个最真实的自己，同时也邂逅了一个全新的自己。

出门远行和挂念朋友其实都很值得玩味。而且，说句实话，与其把这两件趣事写成文章以作慰藉，倒不如将它们留在自己心里，只供在五脏六腑间交流。我总觉得后者会更有意义。

那次旅行时，我在旧金山住了一个星期。

独一无二的东西

　　最近，我总会时不时想起一些早已抛诸脑后的儿时记忆。每每想起往事，我都忍不住感叹，自己原来已经这么老了。这种感觉就像与以前读过的书中文字重逢一样，不可思议又难以言喻。

　　我的嗓子一直不太好。每次感冒，我的扁桃体都会马上红肿发炎。记得上小学时，我经常因病请假好几天。因为父母都要去工作，所以请病假在家时，我就会被孤零零地留在家里。为了打发时间，我就会裹在被子里看书，一边看一边猜想父亲和母亲谁会先回来。母亲在早上出门前已经用昨晚的剩菜和冰箱里的储备为我准备好了伙食，所以吃饭是不用愁的。病中的我想着要尽快好起来，便谨遵医嘱按时按量地服药，丝毫不敢懈怠。

　　有一天，我又因为受风而感冒发烧，没去上学。请病假的第二天上午，正好是早会结束时的时间，我的班主任老师忽然来我家看望我。我穿着睡衣、磨磨蹭蹭地打开门，看到那个西装革履、挺直脊背站在门口的男人居然是我老师的时候，着实吓了一跳。

"感冒好些了吗？"

"还好。"

"你一个人在家？"

"是的。"

"现在还发烧吗？"

"还有点烧。"

老师像量体温似的用手捂住了我的额头，随后点了点头。在学校时，这位老师对学生的严厉是出了名的，可就是这样一位人人皆知的严师，此刻却用他那软绵绵的、温暖的手掌覆盖住了我的额头。我偷偷抬眸，发觉他的大拇指上还沾着白色的粉笔灰。

我又微微低下头，发现他的另一只手上提着一个鸟笼。鸟笼是用竹子和木头做的四方体，大约有五十厘米高，笼子里关着一只与我同样孤零零的黄莺，它呆呆地站在笼子里供它停歇的树枝上，头朝着另一边不看我。西装革履、手上却拎着个鸟笼的老师，看起来就像是从搞笑漫画里走出来似的，有些滑稽。

"这只黄莺是老师养的，就让它陪着你痊愈吧。你要好好照顾它呀。"

老师说着把鸟笼递给了我，那只鸟笼沉甸甸的。他又从口袋里摸出了一张写满了字的纸，然后把那张纸放在了桌子上，纸上的内容是几天份的病号餐饮食搭配和感冒的护理方法。

无论是一整天还是半天，没什么比一个人在家待着更无聊和寂寞的事了，特别是在白天。老师肯定是猜到了我的烦闷，所以才想让他自己养的那只黄莺和我做伴吧！

　　那只黄莺胖乎乎的，非常可爱。它通体长着翠绿色的羽毛，眼睛周围则是白色，颇有一种难以言表的美丽。

　　老师走后，我立刻把鸟笼放到了枕边，静静地盯着里面的黄莺。黄莺也似不服输地同样凝视着我，可是过了一会儿，它就厌倦了。它有时会抖一抖身体，有时又会像个成年人似的沉稳下来，啾啾地叫一声。我后悔自己忘了问它的名字，因为我觉得如果不以一个名字称呼它，就没办法好好照顾它了。所以，我只好为它取了一个住在我家时的暂用名——小薄荷。

　　每天早上，枕边的小薄荷都会用充满活力的啼声唤我起床。它一天会发出几次"哇吱，吱吱吱"的尖叫声，更多时候则只是啾啾地叫。是它的叫声为我驱散了病中的寂寞和无聊。

　　每天，我都会给小薄荷画好几张画像，然后给它喂水添食。这可是个挺忙的活儿。后来，我不用再卧床休养了，便总是"小薄荷、小薄荷"的一声声叫它，想要逗它玩。

　　小薄荷在我家住了三天后，就像完成了任务似的回去了。烧退了之后，我重新回到了学校。重新去上学的那天傍晚，老师来我家里接走了小薄荷。把鸟笼递出去的时候，我忽然感到一股汹涌难当的寂寞包裹了我的全身，不由得咬紧了下唇。我低下头，最后偷偷瞥了一眼小薄荷，它还是和来我家的那天一样，别过头去不看我。

以前生病时，也曾经有很多人来看望过我，但我从来没有收到过这么令人高兴的"慰问礼物"。小薄荷在我枕边舒展着美丽的翅膀，我闻着它独特的气味，听着它美妙的啼声。它啾啾地啼叫着，仿佛在温柔地鼓励我，让我快点恢复精神，让我不再孤独寂寞。我真的非常感谢它的陪伴。每当我叫它的名字时，它就回过头来看我一次。虽然我对它的称呼并不是它真正的名字，但它还是愿意回过头来看看我，我想，这也许就是小薄荷给我的温柔吧。我喜欢小薄荷。

几天后我突然想到，我可以在之前画的小薄荷的画像中挑几张画得好的送给班主任老师。可是我有些害羞，所以为了不让朋友发现，我就偷偷摸摸地把小薄荷的画揉成一团，交给了正在办公室里的老师。老师看了看画，苦笑着说道："你画的是小薄荷呀……"因为我在画的旁边写了"小薄荷"三个字。老师一说，我这才忽然想起来，小薄荷是我给它取的名字，和它真正的名字不一样。一想到这里，我的脸颊立刻臊得通红。可是老师却很高兴地收下了我的画，小声地对我说了声："谢谢你。"

两年后，在班级聚会上，老师跟我说，他把我送给他的那幅画装进相框里做装饰。老师的话立刻让我想起了当年他对我的温柔照顾。老师告诉我，小薄荷从我家回来之后很快就死了。直到最后我也没有问老师，小薄荷的真名究竟是什么。

每当我开始回顾往事，往事就会一个接一个地在我脑海中重新苏醒。班主任老师和小薄荷的故事还恍如昨日，这份他人给予自己的温暖是任何东西都无法取代的。我的心脏好像被一双无形的手揪住了似的，我忍不住想：小薄荷如果还活着的话，它还会不会记得我呢？

过往一段段的记忆汇成了一片无形的海洋。随着时间的流逝，它们在我的脑海中若隐若现。每当它们在我的脑海里重现时，总会让我放慢每天忙碌的脚步，稍微停下来休息片刻；或者是让我那颗日渐冰冷的心再度体验到久违的温暖。每到这时，我都会觉得，在这片记忆的海洋里一定藏着一种独一无二的东西，虽然看似微不足道，却充满着小小的幸福。

为什么人能够感受到幸福？也许就是因为人拥有记忆吧。在无从预料的某一天，与记忆中的自己再次相遇，这是多么幸福又温暖的事情。这就是看似无处不在实则独一无二的宝藏呀！

昨天，我一个人在茂密的森林里散步。无论在哪里散步，我都想要在安静走路的同时思考很多事情。我走呀走，走呀走，可是并不觉得疲惫。然而，我刚一停下脚步，疲劳感就立刻涌了上来。再重新迈开步子的话，疲劳感就又消失了。

走完这片森林之后，我又回到了开始散步的地方，在那里摘了一片花瓣就回家了。那天，我没能找到任何独一无二的东西。真是有些惋惜。

祖父的礼物

前几天偶遇了一本小书。

"祖父留了遗嘱说，等你到了四十岁时，再把这本书交给你。可惜我那时候却忘记了，对不起呀。"姐姐说完不好意思地笑了，然后又补充一句，"别担心爸爸，家里一切都好，你放心。尽管去做你喜欢的事情吧。"说完，她就挂断了电话。等我收到这本书时，祖父留给我的这份礼物已经被人遗忘了两年。

彼时我刚读过了《名为人生的信》，因此对这件与书中情节几乎无二的偶然事件大感吃惊。《名为人生的信》的内容是三十二封关于人与人性的书信。信的作者同样是一位身处远方的祖父，他怀着温暖慈爱的心情为他的第一个孙子萨姆写下了三十二封简明易懂的信，作为送给他的人生礼物。

书中所有的文字都是写给我的孙子萨姆的。有些讲述的是我自己的故事，大部分讲述的则是我从别人那里听到的故事。然而，每一个故事当中都包含着对于人与人性的解释。

书腰上写着作者的这段话。这本书里充满了温柔和温暖，像一位老者轻声地讲述着一个个故事，给读者带来了温馨的滋润。读完这本书之后，我仿佛被人用大手紧紧地抱在怀里一样，好几天都沉浸在愉快温暖的读后感中。

我的祖父名字叫金太郎。

祖父曾经创立了生产电池的事业，第二次世界大战后，他以日本北海道的札幌为中心地，迎合战后日本百废待兴的时代背景，进一步扩大了自己的事业规模，直至去世。祖父的一生可谓是充满着爆发性和独创性。

我父亲和我祖父的关系不好，所以从我小时候开始，我就和祖父疏远了。如今，我只能通过别人的话语来寻找已故祖父的影子了。我真想和祖父多聊一聊往事，多在一起度过一些时间，可惜现在已经办不到了。好在我周围的熟人们都愿意跟我说一说我的祖父，而我仅仅像是听着一个无关者的故事似的，觉得有趣罢了。

读《名为人生的信》的时候，总觉得书中的祖孙关系真好。比起亲子关系，祖孙关系可能更像是朋友。或许是因为祖孙之间的年龄差距太大吧！比如，七十岁的人和十岁的人，换句话说就是老人和孩子。一个是即将走到人生的终点的人，一个是人生正在逐渐拉开序幕的人。他们之间刚好可以互相帮助，在血浓于水的爱意交织之下共生共处。

可惜的是，我从来没体验过这样美好的祖孙关系。

我从来没被祖父抱在怀里过，也没有拉过他苍老却温暖的大手。即使在我小的时候，祖父对我说："来，到我这边来。"我的身体也会僵在原地，一动不动。对于祖父的晚年生活，我只能模模糊糊地勾勒出一个在羽织袴^①、相扑和古董的陪伴下度过余年的老人形象。

就在前几天，姐姐突然给我寄来了一大件行李。我打开一看，发现大行李箱子里面有一个印着金太郎的柳条箱，里面塞满了祖父的遗物。我给姐姐打电话，问她为什么寄给我这些。姐姐回答说："这些都是祖父留给你的信和礼物。"

柳条箱里面有一个信封，信封里装着十几张信纸。最上面的信纸上写着："弥太郎四十岁应得之物。"

看到这句话的时候，老实说，我心里想的是："哎呀，真烦。"祖父什么也没给我父亲留下。以前听人说过，可能也是因为这个原因，祖父为了让身为他长孙的我继承一些遗产，一直拼命努力工作。现在，这份"遗产"的真面目终于要被揭晓了。我忽然觉得有些害怕。

实话说，一直以来，我都尽力不想和他扯上什么关系。当我看到柳条箱里的信时，我想：这也许是祖父写给我的"名为人生的信"吧！我该拿它们怎么办才好呢？我看着祖父的

---

① 羽织袴：多指的是日本男子和服的第一礼装，包括7个部分，分别是羽织、纹付、角带、袴、足袋、履舞、白扇。袴的款式则是日本的马乘袴。羽织则是为了防寒套在最外面的礼装。纹付指的是家纹。

遗物默默发呆——我还没有读过信里的内容，也没有细致看过祖父留给我的遗物有什么。末了，我只拿起了一个被破烂的布袋装着的、祖父生前称之为"金不倒翁"的手表放在手心里，那是他生前惯用的表。

什么时候去读祖父的信呢？那是他留给我的礼物呀。

好吧，这一次，我能和祖父成为朋友吗？

我想，是时候再读一遍《名为人生的信》了呀。

我的父亲

遇到不懂的东西时，要记得保持谦逊之心，好好向懂得的人请教。请教之后就要照此坦诚实行，并找机会向指点过自己的人报恩。那样的话，人们就会更愿意告诉你更多必要的事情。在接受他人教导时要保持谦逊，这是基本礼仪，不要忘怀。"学习"这个词的本质就是模仿，学习的过程就是反复模仿的过程。

雨花纷飞的某一天，父亲难得给我寄来了一封书信。前几天，我向父亲汇报了自己工作的近况，父亲对此做了相应回答。

父亲出生于昭和六年。二战结束后，他立刻抓住商机，开始在东京涉谷的黑市卖蔬菜。父亲是七个兄弟当中的老二，他的长兄死于肺结核，他的父亲也死于战争，时年才十五岁的他不得不挑起了生活的重担，成了一家的顶梁柱。当时，父亲和家人住在东京的江古田，父亲就从附近残存的农家那里低价买来蔬菜，再装上拖车运到涩谷去贩卖。自那时起，父亲便一直过着仿佛能从身体里喷出烈火般的严酷生活。

年纪尚轻的父亲是如何学会做生意的呢？父亲不太愿意

回忆当年的事情，只是简单地回答："我就是照着别人的样子去模仿罢了。"父亲还说，每当他照着被模仿者的样子学上手之后，他必定会给被模仿者送上一份谢礼。如果身边有一百个人，父亲就去模仿一百个人，然后再对一百个人道谢。他就是这样不顾一切地拼命工作。没过多久，父亲便成了黑市里人尽皆知的人物。当时，黑市里经常爆发华侨和日本人的纠纷，双方几乎每天都会围绕地盘划分展开斗争。父亲曾是日本黑市势力之下的愚连队的队长，因为偶然发觉华侨中的领袖曾是跟自己关系很好的童年玩伴，所以并没有卷入到不必要的纷争当中。后来，父亲甚至成了黑市上相当活跃的一名仲裁员，负责在日本人和华侨之间进行调停。每当父亲向那位华侨队长行礼问候的时候，华侨队长都会嘟哝一句说："如果你这家伙有事求我的话，我可就没法拒绝喽。"

做了三年生意之后，父亲就把在黑市卖蔬菜的生计交给了比他小两岁的三弟，自己彻底洗手不干了。他把自己的大部分钱都分发给了曾经在黑市里照顾过他的人，在分钱给别人的时候，父亲也谦恭地低下了头。父亲还给华侨中的熟人分发了用紫菜包着的年糕。在这之后，父亲用仅剩的一点点钱报名去了一所专科学校学习建筑。父亲在战火之后的废墟中安身立命，他深知日本当下百废待兴，今后的建筑事业必将兴盛。父亲读了一年的专科学校，此后，因为一件偶然之事，他被学校理事、日本当时为数不多的某水泥公司的老板看中，由老板出资帮他成立了一家小型的烟囱公司。在战后的经济建设中，日本全国各地都建起了大大小小的工厂，而父亲则开始为这些工厂建造必要的烟囱。父亲尽可能地承包了所有工作，只身一人勘察各地的施工现场，平均两三天就能勘察一处。勘察好现场之后就可安排劳工。父亲硬是把在街上游手好闲的不良少年们都雇来当了劳工。当过愚连队队长的父亲深知，这些多少有点怪癖的家伙反而更容易打交道。衣着光鲜又从东京远道而来的父亲自然引起了乡下人们的注目。父亲就以自己为招牌，聚集起当地的混混们当劳工，又出资建造打饭场，与这些年轻人同寝同食，还共同参与工地的劳动，因此颇得人心。在当时，建造高达三十米的烟囱，父亲的团队往往只需三个月左右。

　　在名古屋的工地时，有一天休息日，父亲带着劳工们到街上游玩，遇到了从北海道来名古屋亲戚家拜访的我母亲。当时，我母亲还是一名学生。父亲对母亲一见钟情，而母亲也一眼就相中了父亲，心觉此生非他不嫁。尽管父亲和母亲两个人彼此确认了感情，但是他们想要结婚并不容易。母亲的曾祖父是国内一位著名的思想家。父亲虽然非常有胆量，可是当他听到这个名字时，脸都吓得发青了。

　　虽然我不想写父亲的事情，但是读罢父亲的来信，思索着父亲在信中写给我的话，忽然觉得父亲的故事在我的脑海里复苏了。

父亲在信中写的是他特有的为人处世之道。他说的是向别人请教、模仿、学习的重要性。父亲最讨厌的就是找借口、推卸责任，或是用含义暧昧的话来搪塞敷衍。每当我做了这些事的时候，父亲往往比看到我撒谎还要生气，训斥的语气也更严厉。

父亲经常说，不够坦率的人，再伟大再优秀也算不上好人。越是长大，越应该变得坦率真诚。想要得到别人的爱和帮助，就必须保持坦率之心，绝对不要跟别人倾轧争斗。实在想"攀比"的话，就一个人去"攀"山吧！在信的最后，父亲写道："以后千万不要再纠缠于人与人之间的攀比和争斗。"

随着我的年龄增长，父亲也开始对我这个儿子使用敬语。我从小就对父亲使用敬语，因此，父亲刚开始跟我使用敬语说话的时候，我感到很不习惯。每当我跟父亲谈起什么的时候，如果父亲想知道什么事情，就会谦恭地把头低下，对我说一句："请给我讲一讲好吗？"趁着我对他的谦恭大感惊慌失措之时，父亲又说："请你稍等一会儿。"然后准备好纸和铅笔，再把身体朝着我这边微微前倾，以便能更好地理解我说的话。那个时候的父亲仿佛在延续年少时模仿别人、向别人请教的处世之术，他的眼睛里也闪烁着少年般明亮热切的目光。等我讲完了，父亲必定要说一句："谢谢你告诉我这些。"然后再一次低头表示感谢。我打心里尊敬父亲的谦恭和好学。父亲和母亲结婚的时候，父亲曾经被母亲那位有名的曾祖父叫出了屋门。他对父亲说："我的曾孙女以后就拜托你照顾了。"父亲那时也深深地低下了头。后来，父亲对我说，不管发生什么，只有这件事他一辈子都忘不了。

父亲有他颇为珍惜的宝物，就是他年轻时在全国各地建造完工的烟囱和高塔的照片。我认为，父亲一生的事业在某种程度上也可以堪称伟大。

挖洞少年

我小的时候特别喜欢挖洞。

我蹲在公园的沙地上，一心一意地挖着拳头大小的洞，一直挖到有手肘那么深才肯罢休。等我再抬起头时，才发现我的脸颊上都黏着沙土了。我的手和手臂像是变成了钻头，不厌其烦地挖洞。这还不算完，我还要拿着树枝，挖动比我的手臂还深的土层，一直挖到我手拿树枝也不能挖再深才肯罢休。

刚开始挖洞的时候，沙子很软，很容易挖。等挖到手肘左右的深度时，沙子就会突然变得又硬又凉，而且散发着一股独特的腥味。对小时候的我而言，从这个深度开始，就是一个全新的世界了。与我年龄相仿的朋友们，谁都没有挖到过这个深度。这就意味着，接下来的一切探索都将刻上我自己的烙印。一想到这里，我兴奋得眼睛都闪闪发光，挖得也更起劲了。在挖的时候，我偶尔会碰到些奇怪的硬东西，然后像发现了宝物一样高兴地把它们掘出地面。有时候会发现一个小铁锹，有时候会发现玩具的一块碎片，有一次甚至还发现了一枚五十日元的硬币，这在当时还是很值钱的。直到现在，那枚硬币还放在我桌子的抽屉里。我把自己在挖洞时发现的东西全部当成珍宝放在一个箱子里。将这些宝贝从洞里掘出来，再去掉包裹在它们身上的沙子，这就是我儿时最大的乐趣。当然了，这一清理过程也是伴随着风险的，稍不注意，手掌或者指尖就会被砂石等割破。

少年时代的我只要一发现沙场，就会很想去挖洞。我的足迹遍及附近的公园，我挖过的洞也遍布各个公园的角落。朋友和邻居们甚至送了我一个外号，叫"挖洞少年"。后来，他们都开始用外号称呼我，但我从来不在意别人是否能理解我的乐趣。

当时的挖洞少年为什么那么快乐呢？现在想来，那也许是因为，儿时的我始终满心期待着通过深挖一处来发现未知的宝藏吧。总之，只要努力挖出一个深洞，不管前方是垃圾还是什么东西，都能凭自己的力量去探索。对我来说，这种探秘未知宝藏的活动比在点心店抽签还令人激动。深挖一处，这对我来说既是游戏，也是学习。

虽然我的父母和兄弟姐妹对我的执着很意外，但是他们从来不会遏制我的爱好。即使天色已晚，他们也会任我继续在沙场上挖洞，因为他们觉得我不是很聪明。儿时的我因为总是在挖洞，手上常常伤痕累累，手指甲缝里也经常满是沙土，但我就喜欢这股沙土味儿。

即使我现在已经长大成人，看到公园的沙场还是很想过去挖洞。虽然现在的我已经不会毫无顾忌地跑过去挖洞了，但我仍然对那沙土下面的世界充满好奇——在那沙土深处到底有什么呢？沙子有多硬，有多冷，散发着怎样的味道呢？挖到深处之后又会找到什么宝藏呢？一想到这些，我就觉得心痒难耐、坐立不安。

再挖深点，再挖深点。在日常生活中，我一直都是以这种想法去对待自己的工作、快乐、好奇心的，这和小时候的我相比一点都没变。不要总是站在一边浅尝辄止，而是要在下定决心之后，在学习到了新东西之前，在发现了什么宝藏之前，始终坚持用自己的力量向深处挖掘，一直挖到那个再也无法继续深入的边界为止。儿时那个执着的"挖洞少年"依然活在我的心里。

我最近在"挖掘"古埃及时代末期的历史。一年前的某一天，我有幸与《救世簿》的编者末盛千枝子有过一次谈话。末盛千枝子告诉我，世界上第一座图书馆"亚历山大图书馆"①就是在古埃及时代建成的。我对此产生了浓厚的兴趣。因为我长期从事与书籍有关的工作，所以比常人更加痴迷于自己未知之书的历史。于是，我立刻开始搜集亚历山大图书

---

① 亚历山大图书馆：始建于托勒密一世（约公元前367—前283年），盛于托勒密二世、托勒密三世，于三世纪末被战火全部吞没，是世界上最古老的图书馆之一。馆内收藏了贯穿公元前400—前300年时期的手稿，拥有最丰富的古籍收藏，曾经同亚历山大灯塔一样驰名于世。

馆的相关资料。亚历山大图书馆是古埃及神秘思想和人类高度文明的象征，它始建于公元前三世纪左右，坐落于埃及尼罗河边的一座河口城市——亚历山大。据说，其藏书数量多达七十万卷，为许多古希腊时代的代表性知识分子提供了知识源泉。然而，亚历山大图书馆却毁于此后的战争和历史混乱之中。在这里，我就不对这段令人伤痛的历史细细说明了。最令我感兴趣的是，亚历山大图书馆里诞生了世界上第一位图书管理员。为了搜集更多藏书，托勒密王朝①的国王向全世界派出了"书本猎人"，网罗了七十万卷藏书。此外，亚历山大图书馆还拥有一部多达一百二十卷的藏书目录，名为《皮纳克斯》。这部藏书目录具有当时最优秀的图书检索功能。在这座图书馆中，还有一位名叫埃拉托斯汀内斯的科学家，他依据跟随着太阳光线而不断移动的笔的影子提出了地圆说。另外，在古埃及时代末期，原本又小又穷的河边渔村亚历山大因为这座亚历山大图书馆的建设，摇身一变，成了集世界优秀文化和知识于一身的国际大都市。在当时，亚历山大城是欧美洲各种民族和文化的大熔炉，引领着时代的流行趋势。毋庸置疑，所有这些足以吸引我不断深入挖掘亚历

---

① 托勒密王朝：是在马其顿帝国君主亚历山大大帝死后，埃及总督托勒密一世所开创的一个王朝，首都在亚历山大城。是希腊人为统治阶级的政权。统治范围包括埃及及其周围地区，统治时间长达275年，直到公元前30年为止。

山大图书馆的相关资料。

令人震惊的是，在制作容纳了七十万卷书的检索目录时，亚历山大图书馆将每一部书中的内容都进行了整理，甚至开发出了一个凌驾于现今"谷歌"和"雅虎"之上的智能搜索引擎程序，将这座汇集了埃及文明智慧的"头脑"变成了一个真正的实用系统。

为了了解亚历山大图书馆，我开始学习历史。我通读了所有相关的文献资料，这就像小时候刚开始挖洞一样，当"挖到了胳膊肘"时，我还是会遇到一个千难万难的"硬土层"，无论如何也"挖"不下去。为什么？因为与亚历山大图书馆相关的记载留存下来的非常少。譬如，那部气势恢宏的藏书目录《皮纳克斯》究竟是如何制作而成的？当时的检索系统是什么样子？如今，即使找遍全世界，也很难找到与这些问题相关的蛛丝马迹了。

世界是宽广的，却也是狭隘的。我喜欢在一处深入挖掘，在事物的更纵深处与那些和我一样探索未知之谜的人们相遇相会。他们的探秘活动更加激发了我的兴趣。

由美国研究者发起的"亚历山大项目"的研究方法，探索了科学或考古学的研究局限性，并开始从一个完全不同的角度进行探索。我对这一契机深感吃惊。这些研究人员在美国著名灵能者埃德加·凯西留下的文件当中发现了有关于古代亚历山大的记述。"亚历山大项目"致力于将全世界的优秀灵能者都召集到现在的亚历山大市，以期解开亚历山大图书馆之谜。据说，某家世界性的企业正在出资支持着这一庞大项目的推进。

如果科研人员们能够弄清亚历山大图书馆开发的检索系统，那么它一定会成为一个令人意想不到的巨大商机。

不愿轻易认输的我继续向着亚历山大图书馆的纵深处挖掘着。我相信，只要不放弃，就一定会遇到奇迹。偶然产生一些有关《皮纳克斯》的灵感时，我向下挖掘的深度就能够稍微再进一点。

直到写完亚历山大图书馆的诞生故事之后，我的"挖洞"之旅也仍未完成。我认为，"皮纳克斯"搜索系统是世界性的奥秘之一。为了不被美国人的"亚历山大项目"抢先一步，我现在仍然朝着真相所在之处不断挖掘着。

三位老师

啊，有时候会觉得做什么都不顺利。我相信每个人都经历过这样的时期。在这段时间里，倒也不是平时能做到的事情忽然做不到了，而是每天都得重复着各种小小挑战。虽然每一项挑战看起来都很有意思，但是单凭现在的自己又无法将其顺利完成。面临挑战时，觉得诸事不顺也是理所当然的。正是因为连第一步都很难做到，所以才叫挑战呀！那么，我们应该如何面对挑战呢？每到这时，我都会想起两位老师。之所以称他们为老师，是因为我个人对他们充满敬意。这两位老师的共同之处就在于，他们始终抱着学生之心，乐于终身学习。连老师都自称学生，对学生来说，真是不知道该如何是好了。这正是老师们人格的优秀之处呀。老师们不拘内容的谦虚学习之心、水滴石穿的坚强信念、幽默乐观的生活方式，都令我无比敬佩，并且深受鼓舞。在老师们的影响下，我也开始百折不挠地学习起来。

角田柳作老师生于 1877 年（明治十年）。他在哥伦比亚大学创立了日本学，是在美国研究日本文化和日本历史学的第一人。1931 年（昭和六年），五十五岁的角田柳作登上了哥伦比亚大学的讲坛。二战期间，他没有回国，而是留在了美国教书育人。角田柳作把半生的时间都留在了异国他乡，在那个几乎没有人了解日本文化的时代，他成了唯一一名向外国人教授日本文学、思想、历史等知识的日本人，并为日本学的专业设立费尽了心血。有这样一个著名的小故事。哥伦比亚大学名誉教授唐纳德·金在上大学的时候，曾经选修过角田柳作的日本思想史课程，由于在那个年代，日本在世界各国之间的评价并不好，选修角田柳作课程的只有唐纳德·金一名学生。角田柳作为了讲好这门课，带了很多书到教室里，又接连写了好多板书。当时对日本一无所知的唐纳德·金一个人坐在教室的椅子上，不太好意思地说："对不起呀，只有我一个人上课。要不然，这门课还是取消吧！"角田柳作却说："没关系，有一个学生就够了。"唐纳德·金大为感动。据说，角田柳作的这门课程是为了让学生们了解日本，并向外国人介绍正确的日本文化。在角田柳作的年代，世界人民甚至不知道《源氏物语》这部诞生于日本文化之中的小说是世界上第一部长篇纪实小说。

在提到"文化"一词时，角田柳作老师有时会使用"3L"的说法，这三个 L 分别是：Law（法律）、Love（爱）和Labor（劳动）。角田柳作认为，任何事情都应该从Law（法律）、Love（爱）和 Labor（劳动）三方面去考虑。只有谋求"3L"之间的相互协调，人类才会得到幸福。即使是在学习美国历史和欧洲文化时，角田柳作也时刻注重从这三方面去分析和思考，从不拘泥于国家和宗教之间的差别，而是以自由不拘的广阔视野去看待世界文化和世界各国人民。

在哥伦比亚大学，教授们往往会在六十五岁时退休，极个别教授会因为一些特殊理由延迟三年退休。但是，角田柳作直到八十五岁才离开讲台，这是非常少见的。他在学术方面的成就令人震撼。

唐纳德·金回忆道，不管问及任何一部日本古典作品的任何一篇、任何一行，角田柳作老师都能立刻做出回答。生于明治时代的角田柳作老师精通日语古文，无论是西鹤还是伊藤仁斋的作品，他都能拿起书来就读。

随着日美开战，身为日本人的角田柳作被美国官方所拘留，并在被拘的三个月后接受了审判。当时的角田柳作被判定有国际间谍之嫌，彼时他住在纽约横跨哈德逊河的乔治·华盛顿大桥桥畔，美国官方便认为他想伺机炸毁这座桥。面对这一无稽的指控，法庭上的角田柳作先是表达了客居之人对于常年寄居的美国的感谢之情，接着又谈及自己对美国应尽的责任。最终，美国法官被角田柳作充满真诚的话语所打动，他甚至还感叹道："你是一名诗人吗？"由此，也可以看出角田柳作的英语具有一种独特的表现力和感染力。那是因为，他的英语表达习惯是以明治时代的日语为基础的。

唐纳德·金曾经提到，在哥伦比亚大学，他最尊敬的老师就是角田柳作。为了凸显对角田柳作老师的尊敬，他只称呼角田柳作一人为老师。他认为，只有角田柳作才配得上"老师"二字。

"日本文化是非常优秀的文化。"角田柳作老师一直抱有这样的信念。他的信念至今仍然激励着我们，为我们带来希望。虽然生活在当时与日本完全敌对的美国，但是他始终锲而不舍地向美国人述说着日本文化的美好之处，他是真正的"无名英雄"之一呀。

曾经有读者向文士开高健提问："你最敬佩的人是谁呢？"开高健回答："日本人的话，我最敬佩的是研究排泄物的中村浩博士。"

中村浩博士于1910年（明治四十三年）出生于东京，为了人类的幸福，他花费了一生时间研究排泄物。中村浩认为，在资源枯竭、人口爆炸、气象异常等诸多问题日益严峻的当今时代，人类最终必定会因为粮食不足而灭亡。为了渡过这一潜在危机，中村浩认为地球的无限资源就是排泄物，他致力于从排泄物中提取有效成分，将其变成可以食用的"粮食"。中村浩把大便和尿液作为培养基，成功培育出了绿色的蛋白质小球藻，只可惜小球藻的味道不佳。原本这一研究只需再行解决味道问题即可，可惜中村浩博士却在这时去世了。

中村浩的研究活动令许多人大感震撼。打个比方，不给金鱼喂食，金鱼却不会死，这是为什么呢？中村浩发现，其实是因为金鱼的粪便可以作为肥料促进水中藻类的生长，而藻类又能够捕捉太阳能、合成有机物，为金鱼提供食物。中村浩原本可以选择定居故国，但是为了确认自己的研究成果，他给世界很多研究排泄物的学者写信，周游世界多国之间。

中村浩发明了能够将宇航员的尿液还原为饮用水的装置，而且，这一装置还能够随身携带，十分便利。后来，中村浩进入了美国NASA①，发明了很多可以循环利用排泄物的装置。最绝妙的是，中村浩的绝大部分发明都是凭一人之力，几乎没有依靠任何国家、大学或企业的助力。

中村浩说："人如果一无所知，他的人生道路反而会变得敞亮。"

在著作《粪尿博士·世界漫游记》中，中村浩以幽默风趣的文风写道，自己每天都在煮大便、烤大便、过滤尿液、漂白尿液，不是在跟粪尿打交道，就是在进行妙趣横生的世界之旅。让我觉得颇为有趣的是，这本书的最后一句话："我们每个人最终都想成为文化的革命家。"

让我结识角田柳作和中村浩这两位老师的人，是我另一

---

① NASA：是美国联邦政府的一个机构，美国国家航空航天局的缩写，该机构负责实行美国的太空计划。

位老师。这位老师也曾经对我说过，自己永远都只是一名学生。等以后有机会，我再好好地写一写这位老师的故事。

老师们真的很棒！

《虎韬》^①趣事

刚开始一个人生活的时候，我经常随身带着伊丹十三写作的两本书，分别是《女人们》和《在欧洲的无聊日记》。这两本书充分向读者们展示了伊丹十三在料理、电影、汽车、旅行、服装、音乐等方面的行事风格。作家山口瞳在《在欧洲的无聊日记》的封底写道："我衷心希望那些尚未被世俗污染的中学生和高中生们能好好读一读这本书，我们这种染上了市侩气的大人们再怎么研读它，也已经没有意义了。"彼时正值青春期的我有幸成了这本书的青年读者之一，如今，我也已经长大了。

在《女人们》的序言中，伊丹十三写道，自己曾经在大人们身上学到了许多对人生有用的东西，他也对此充满感激。在寿司店付账的时候，不能直接把钱交给吧台对面的厨师，这是他跟山口瞳学到的；拿着菜刀的时候，要紧紧握住刀柄，然后把食指放在刀背上，这是他跟辻留学到的；吃东西时尽

---

① 《虎韬》：中国周代兵法书《六韬》中的一卷，日语中也有秘闻、秘诀、教科书的意思。

量不要发出声音，这样才显得高雅，这是他从石川淳的小说中学到的；吃生鱼片的时候，不要把芥末混合在酱油里，这是他跟小林勇学到的；此外，男性在面对女性时，要展现出自己可靠又高效的一面，这一点是他从自己所有的女性朋友那里学到的……那篇有趣的序言充满了各种在学校课堂里学不到的生活智慧，伊丹十三俊逸洒脱的写作风格如同一汪潺潺流淌的清泉，在不知不觉间溢满了我年轻的胸腔，牢牢地抓住了十几岁时的我那少不更事的心。

"番茄肉酱意面"。这个名词还是我在伊丹十三的书里学到的。他曾经在著作里称赞番茄肉酱意面是人间绝味。既然是一个人过日子，那么亲自下厨做菜也是在所难免的。于是，我便按照书上写的菜谱试做了一次番茄肉酱意面。书里写的菜谱没有配上图示，因此我把每一个步骤的文字说明通读了好几遍，将这份菜谱彻底记了下来。

做意大利面的诀窍在于抓住面条将熟未熟的那一刻，甚至有人说，只要学会抓住这关键一刻，那么做出一份完美意面的方法就掌握了一半。总之，煮面时一定要注意把控面条的状态。具体流程是这样的：首先，准备一口装满水的锅，然后在水中放一撮盐，等面条煮到将熟未熟的状态时，快速把面条从热水中捞出来，再在热气腾腾的面条里加入淡奶油，然后快速将二者搅拌均匀，最后再将面条盛放到事先温过的盘子上面，一份筋道爽滑的意面就大功告成了。这就是所谓的"奶油意大利面"的做法，它也是最简单的一道意面。一般来说，意面是不会再煮第二次的。换句话说，想要让意大利面变得美味可口，就要尽快将煮好的意面端上餐桌趁热享用。意大利面是一道多么飒爽干练的美食啊，我被它的魅力深深折服了。

我曾经用公寓房东借给我的大锅做了大量奶油意大利面，房东叫了很多朋友来家里做客时，我就用这道奶油意面招待了大家。可是客人们都说，这道只有奶油作配的意大利面实在太过乏味，意面没有其他配菜也给人一种土里土气的感觉。我本来满心期待着大家的赞美，结果反倒落了埋怨。听到这种评语的我真的很不开心："奶油意面明明也很好吃呀！"

说起吃意大利面，我想起一件事情。前些日子，我在享有盛誉的意大利餐厅吃饭时，看到一位常客样子的人物大摇大摆地走进店里，坐到了座位上。这位客人点了一份意大利面。他只瞥了一眼刚端上来的餐盘，就叫住服务员说："喂，给我一把勺子。"服务员赶紧送上勺子，然后连连道歉说："好的，对不起。"随后，这位客人便左手拿匙、右手拿叉，满足地用叉子将餐盘中的意大利面挑起一点转成一圈，再盛放到汤匙上，呼呼地吹一吹热气，然后呼噜呼噜地吃掉了。想必大家已经明白了，并不是这家没有为客人奉上汤匙的店面不够正宗——只奉上叉子恰恰是这家店足够正宗的证明——

不懂行的人其实是那个像小孩子一样嘴边沾着意面酱汁、呼噜呼噜地吃东西的家伙。

在《在欧洲的无聊日记》这本书中，伊丹十三是这么介绍意大利面的吃法的。他首先引用了法国米其林出版的《观光手册·意大利篇》中的原文："吃意大利面时绝对不能用刀，而是要用右手拿叉，一叉最多挑起两到三根意大利面，然后把面条转成一个卷，卷好后再送到嘴边食用。如果一开始用叉子挑起太多意面的话，等到把面条卷起来的时候，转成的卷就会变得很大，也就没办法一口吃下去了。"随后，伊丹十三强调说，吃意大利面的时候绝对不能发出声音。想要做到这一点就必须牢记两个诀窍。第一，在面条端上来之后，要用叉子将与酱汁充分混合的意大利面往旁边拨开一些，在餐盘的一角留出一个烟盒大小的空间，以便用来卷起意大利面。第二，将叉子插入面条当中之后，要让叉子的尖端轻轻地按在餐盘上，然后保持这个状态稳稳地顺时针旋转叉子。这样一来，在卷起意大利面的过程当中，叉子的四根尖端就不会离开餐盘。虽然意面也有左手拿勺、右手拿叉的吃法，但是这种方法不算是正统，我也就放弃不学了。

除了意大利面，我还在伊丹十三的书中学到了很多菜谱。比如咖喱、梅干、沙拉和调味汁、三明治、炒卷心菜、煮黑豆、煎鸡蛋，等等。不过，意大利面才是其中当仁不让的主旋律。

也想写一写服装的事儿。一提到男装，人们往往会认为：
"男人只需要做到在适当的场合穿适当的衣服就行了。"乍
一看好像挺简单的。然而，"适当"这个词却实在难以定义，
真是令人头疼得很。"适当的衣服"是什么样子的？到哪里
才能找到这种衣服？这些东西都必须靠我们自学成才。所以
说呀，做到"适当"是非常困难的。所谓"适当的衣服"应
该是那些不过分显眼却质量上乘的服饰。然而这样的衣服可
能已经饱经风霜，甚至还带有些许土气。

我谨在此再摘录一篇有关于服饰的文章。伊丹十三曾经
在《女人们》一书中写道："衣服这玩意儿遵循着这样一个
歪理。那就是，人们越是喜欢穿某件带有设计感的衣服，越
会刺激这种设计方式风靡一时；而这种风格越是流行，就越
容易物极必反，最终让这件爆款服装变得像普通学生制服一
样烂大街。即使你狠下心来买一身当下最流行的爆款服饰穿
出门去，下定决心要成为今天街头最引人注目的'明星'，
你最终也只能铩羽而归。因为现在的街头巷尾举目皆是爆款
服装，你再怎么费心费神地穿搭爆款，也只不过是加快了自
己成为背景板的速度，把自己变得更无特色而已。其实，所
谓的个性反而是那些在服装店和洋品店兜售的只标价一万日
元或两万日元的平价商品！大家若有闲暇，不妨认真思考一
下我的话吧。"嗯，这话虽然听起来有些刺耳，但是话糙理
不糙。

我在伊丹先生的作品当中学到的东西真是数不胜数。他的《女人们》和《在欧洲的无聊日记》这两本书至今仍然陪在我的身边，成了指引我言行的、不可或缺的《虎韬》之书。

忆 "拔模"

　　小时候，一过八月，我就非常期待当地神社举办的祭祀庆典。每到祭祀庆典那天，并不宽敞的神社院子里就会摆满卖棉花糖、卖面具、捞金鱼等的小摊。我把父母给的零花钱装进口袋里，逛遍每一个摊位，心里别提多高兴了。我最喜欢的是 "拔模" 这一个游戏，这项游戏还是有奖金的。

　　在 "拔模" 的摊位前放四个啤酒箱，再在啤酒箱上放上一块胶合板，这就成了一张简易的桌子。看摊的男人只坐在一张铺了坐垫的小椅子上，与其他的摊位相比，"拔模" 的摊位真是最简朴的了。但是，它往往最受人欢迎。从小学到中学，男孩子们就像蜂群似的挤在摊位前，玩得不亦乐乎。

　　玩一次 "拔模" 需要花一百日元。玩家把钱交给看摊的男人，男人就会随便交给玩家一块薄纸包着的硬片点心。玩家把外面的包装纸剥掉，那片比电车票稍微小一点的、一毫米厚的薄片点心就露出来了。在薄片点心上细细地雕刻着伞、花、鸟等花纹。玩家则需要在不弄碎点心的前提下，使用图钉针把那些花纹从薄片点心当中 "拔" 下来。其实方法很简单，只须把花纹周围多余的部分用针削去，留下花纹的形状即可。

如果成功的话，就能得到奖金。花纹越是复杂，奖金就越多。大部分的奖金是三百日元，如果巧妙地将花纹"拔"出来，就能获得花费钱数三倍的奖金，对于小孩子来说，这可是多赚一点零花钱的大好机会。

当然，"拔模"游戏也有一些必须遵守的规则。比如，禁止外带模具，必须在摊位提供的胶合板桌子上进行等。看摊的男人会看着我们行动，以免我们违反规则。

"拔模"成功的关键在于模具的形状。不同形状的模具对应的奖金数字一览就贴在胶合板桌子的中央。在剥开包装纸的那一刻，对照一下自己抽到的模具形状和对应的奖金数字，也特别刺激。

如果看到自己拿到的是奖金三百日元那款模型，往往就能放心一些了。虽然奖金三百日元的模型也不容易"拔"，但是并非完全"拔"不出来。顺便说一下，如果拿到的是奖金三百日元的模型，按规定，只要玩家能"拔"出一半的花纹，就可以拿到奖金了。据说，"拔模"的最高奖金是一万日元，模型的样式是三个团子①串在一起。每当看到这种模型，看摊的男人也好，周遭的其他玩家们也好，都会忍不住齐声

---

① 团子：日式点心（和果子）的一种。做法是将米（一般使用糯米）磨成粉末搓成小团，在里面加上开水揉捏，再蒸煮。口感类似年糕。豆馅加上黄豆面，可以与年糕小豆汤和什锦甜凉粉一起吃。也可以根据地方产物特性的不同使用面粉或黍子等谷物粉作材料。

惊叹一句："哇——"即使是奖金一千日元的稻草鞋模型，往往也能引起在场众人的一阵惊呼。毕竟一千日元怎么也是一百日元的十倍！这时候，所有人的视线都集中在了那名幸运玩家拿着针的手上。然而，"稻草鞋"常有，"团子"却很少出现。

我擅长"拔"的是奖金一千三百日元的伞。至今为止，我成功拿到过三次伞模型的奖金。

有一天，我拿到了奖金五千日元的手枪模型，我旁边的一名中学男生看到了，说："你把这个模型卖给我吧。我想要五千日元的奖金。"虽然我很想挑战一下这个从未见过的手枪模型，可是看到那个男生如此执着，我就把模型让给了他。

中学生把那个手枪模型递给看摊的男人，说："请帮我把花纹周围多余的部分掰断吧。"男人点点头，灵巧地手指"吧嗒"一下就把多余的部分折断了。他又把剩下来的那块还给了中学生，说："你试试看吧。"中学生用舌头舔了舔针，刚准备动手"拔"，就被男人训斥了一声："不要舔针！"中学生咂咂嘴，用鼻子哼了一声。他睁大了眼睛，开始用针"拔"那把"手枪"。然而几秒钟之内，那块模型就裂成两半了。中学生后悔地把脸贴到胶合板桌子上，忍不住大声哀号："哇——"

"真遗憾哪。"看摊的男人看着那把破碎的"手枪"，笑了。

摊位里同样"拔"失败了的孩子们看着他的笑，在灰心丧气之余，都暗暗觉得他可憎起来。人群中不知是谁嘟哝了一句："'手枪'不行，'拔'不出来的。"听到这句话的中学生眼含泪水地坐起身来，骂了声"该死"，然后就气愤地把折断了的"手枪"放进嘴里，"咔哧咔哧"地吃掉了。

我有一个朋友叫作阿零，他最擅长玩这种"拔模"游戏，人称"拔模之王"。对于三百日元级别的模型，阿零可以轻松做到百分百成功。因为他实在太擅长这游戏了，到最后，连看摊的男人都认识了他，一见他走过来就说："我不卖给你，你可别再来玩了。"

祭祀庆典的最后一天，我又抽到了手枪模型。看摊的男人对我说："我给你换一个别的吧，这个太难了。"我觉得受到了轻视，立刻有点生气了。这时候，站在我旁边的阿零对我说："哎呀，就玩这个吧。我教你怎么做。"于是，我对看摊的男人说："不换了，就要这个。请帮我把多余的部分掰掉吧。"然而男人说："我不做，你自己想办法吧。"

我正有些着急的时候，阿零就悄悄在我身边耳语道："不怕，我来帮你掰掉多余部分。"说着，便轻松地替我掰好了。

阿零有些严肃地盯着我的指尖，一字一顿地说道："听好了，'拔'的时候手千万不要用力，要慢慢地削。"

我按照阿零的教导，"拔"了将近三十分钟，终于渐渐"拔"出了手枪模型的轮廓。等我"拔"得只剩下"枪身"的时候，看摊的男人脸色都变了。周围的孩子们也纷纷停下了自己的手，目不转睛地注视着我的手，紧张得直咽口水。

阿零继续说道："千万不要着急。慢慢来，着急的话模型会碎的。"

于是，我将全部精力集中到指尖，认真到几乎忘记呼吸。我大汗淋漓，后背像被水浸透了似的，但我也无暇顾及这些，只全心全意地关注着那在花纹之间跳跃移动的针头，小心翼翼地"拔"着模型。最后，"手枪"模型终于脱模了。

"太好了！"阿零高兴地拍了拍我的肩膀。周围的孩子们也都称赞我说："好厉害呀！"我也开心极了，仿佛这一切都是靠我自己一个人做成的。

只有那个看摊的男人面露苦涩，像咬碎了一只臭虫似的瞪着我。因为五千日元的奖金就意味着五十个人的销售利润。

我小心地用手掌托着那把"手枪"，将它递给男人说："喏，你的'手枪'来喽。"在场的所有孩子都等着看男人会不会依约支付奖金。男人在众目睽睽之下，只能从钱包里掏出五千日元的奖金交给我，然后说："你这小孩以后也别再来啦！"

我和阿零一样上了"拔模"摊位"黑名单"！那一刻，我感到非常高兴和自豪。我甚至觉得，是我从看摊的男人那里把孩子们的零花钱夺回来了，一时骄傲得不得了。

对于当时的我来说，五千日元可不是一笔小数目。我没有把钱直接带回家，而是与阿零一人一半，又跟其他朋友们一起在路边摊上花光了。那一年祭祀庆典的最后一天，同学们向我打招呼的时候，对我的态度宛如对待英雄一般。

　　盛夏时节，出门时总会碰到庙会或祭典的摊位，我就有意无意地关注着这些摊位。如果有机会的话，我真的还想再玩一次"拔模"。说不定，这次会抽到奖金一万日元的"团子"呢！

少年和狗

我认识一个可以和狗说话的男孩。

我是在访问一个村庄时与这个少年初遇的。这个村庄是我一位朋友的故乡，他是中国台湾的阿美族人，这个能与狗交流的少年就是他的外甥。少年的脸上总是挂着微笑，他的一双眼睛闪烁着光芒，和天上的繁星一样美丽。

少年的父母都去台北工作了，他便与他的祖父母一起留守在村子里。留居村子里的人很少，从少年家的院子里走出去，再走个三百多米才能找到另一户人家。自然，村子里也没有幼儿园，因为没有几个孩子。每天，少年就独自一人在附近的山中和森林里玩耍，直到太阳落山。

一天早上，少年拉着我的手走进了森林。少年为我们两个人选了一条草木茂盛的林荫小路。我们慢慢地在森林里散步，少年偶尔会摘下树枝上的果实，像吃膨化零食似的轻松吃掉。他还给了我一个果子，我放进嘴里嚼了嚼，立刻感觉唇齿间苦得不得了，只好赶紧吐了出来。少年看着我有些狼狈的样子，忍不住拍手大笑。

我们走到了森林的开阔地带之后，少年环顾四周，忽然

"嗷呜"地发出一声长啸。他的声音忽高忽低，听起来倒真挺像一匹狼在远处号叫似的。"一个这么小的孩子竟会发出这么响亮的声音呀！"我心里暗暗感到惊讶。

起初，我以为少年只是玩模仿游戏。可是，不久我就看到两只野狗从森林深处循着声音朝我们这边跑来，我不由地害怕起来。这时，我又看到另外几只野狗从其他方向跑过来了。野狗们像是没看见我似的，打着响鼻径直朝少年跑去，然后又像是在跳舞似的，在少年的身边绕起圈来。少年一边抚摸着野狗们的头和肚子，一边像小狗一样"嗷呜嗷呜"地叫着。不知道是不是因为被少年摸得高兴了，野狗们也开始"嗷呜嗷呜"地叫了起来。我这才明白了，原来少年是在和野狗们说话呢。野狗们似乎在向少年倾诉着什么，少年则回答："是吗？原来是这样啊。"接着，少年也向它们说了些什么，野狗们则像人在点头一样号叫着回应。少年和野狗们一边嬉戏一边聊天，玩了好长一段时间。

少年大声地吼了一声，野狗们就跑回森林里去了。少年得意地回过头，操着一口阿美人的语言对站在后面的我说，那群狗是他的朋友。我听不懂他的话，但是我明白他的意思。少年向我这个从日本远道而来的客人介绍了自己的朋友。回家的路上，少年一边走路，一边用狗的语言高兴地嘟哝着什么。

回到村子后，我把在森林里看到的这一幕告诉了朋友。

朋友跟我说："这一带除了他之外没有别的小孩了，他连一个朋友都没有，住在山里的野狗就是他的朋友。他总是跟野狗一起玩，或者跟野狗说话。那孩子能跟野狗说话呢，这不是谁教他的，是他自己不知什么时候学会的。他带你去森林，也许是想让你跟他的朋友见一面吧！"

我在上小学二年级的时候，家中养了一只狗。小狗是一位熟人家的母狗的孩子。有一天晚上，父母毫无预兆地把它带回了家。它长得胖乎乎、圆滚滚的，通体披着棕色的毛，只有背上的一点毛是黑色的——那是因为它是柴犬和其他犬种的杂交。我看着这只初来乍到的可爱小狗，心里特别高兴。小狗来家里的第一天，我几乎片刻也不离开它。父亲说，我可以给它取个名字，我就马上想到了"约翰"这个名字。虽然这小狗是只母狗，但我还是任性地为它取名为约翰了。因为在当时，我在电视上刚巧认识了一位非常帅气的美国滑冰选手，他的名字就叫约翰·帕克。

约翰来到我家的那一天，我在玄关铺了一条毯子当作是约翰的床。约翰便像懂了我的意思似的，把身体围成了一个圈，乖乖地在那里躺下了。然后，我又把自己的枕头摆放到了能让我一眼看见约翰的位置。晚上我始终笑着注视着约翰，约翰也注视着我，我们就这样互相望着彼此，渐渐沉入了梦乡。

父亲跟我约定好：以后每天的早上和傍晚一定要带约翰

出去散步，以保证它的日常运动和排便。从此以后，无论寒暑阴晴，我都遵照和父亲的约定带着约翰出门散步。约翰紧紧地跟着我，只要我叫一声约翰，它就会微微动一动耳朵，然后马上哼声回应我。每到这时，我都会特别得意，仿佛我能够与约翰心灵相通似的。后来，我总在家人面前表演这个"绝活"，时不时就叫一声约翰的名字让它回应。约翰的性子始终很温柔，虽然没人训练过它，但是它从来不会大声吠叫，出门散步时也会紧紧地跟在我的身边。只有在遇到了别的狗时，它才会站到我的面前低吼。约翰也很招我的同学们喜欢。喜欢狗的同学们经常会抚摸它的头，而它也丝毫不会表现得很厌倦。同学们便因此称赞它聪明有灵性。

　　每天早上，我一起床就会带着约翰出去散步，晚上从学校回来后，我也会马上和约翰一起去散步。我真的非常喜欢约翰。我经常把它抱到自己的脖颈旁边，把头埋在它的身体上，用它柔软的茶色绒毛擦脸。这时候，约翰也会闭上眼睛，做出一副很舒服、很享受的样子来。只要我一松手，它就会反过来舔我的脸。那段时间，我一直和约翰生活在一起。

　　有一天傍晚，姐姐代替我带着约翰去散步。可是到了太阳落山后，姐姐却一个人回来了。她哭哭啼啼地说，自己在公园玩的时候，明明把约翰的狗绳系在了公园的单杠上，但是不知道什么时候，狗绳居然自己松开了，约翰也因此不见了。我和家人急忙出门去找约翰，可是找了好久也没有找到它。我们全家人一边大声喊着"约翰，约翰"，一边走遍了家附近的每一个场所，可是始终听不到约翰的回音。那一天晚上，约翰没有回家。因为约翰的失踪，我难过得不得了。那是我第一次经历与知交好友离别。

谁承想，三天后的早上，约翰居然回来了！我一起床，就看到约翰在门外蜷曲着身子睡得正香。约翰的身上脏得很，也瘦了不少。父亲和我烧了开水，用温水给它洗了一个澡。然后，我们又给它做了一顿好饭，约翰是真的饿极了，急忙吃了起来。但它还不忘跟我的"心有灵犀"，我在它旁边叫它约翰，它就停下咀嚼，轻轻地叫一声回应我。父亲高兴地称赞约翰还记得回家的路，约翰就摇着尾巴，用黑油油的眼睛凝视着我和父亲。

在这之后，我和约翰一起度过了将近十五年。约翰是长寿的。

那一次失踪之后，约翰就从未离开我的身边。我至今仍然十分好奇，在失踪的那三天里，约翰究竟去了哪里，又经历了什么。但是，我已经无从知晓了。

对我来说，约翰是一位非常重要的好朋友。是约翰教会了年幼时的我什么是温柔、体谅和爱。

晚年的约翰渐渐老得丧失了散步的体力。它整天躺在床上，连眼睛也盲了。可是，有一天早上，约翰忽然看上去精神焕发，还主动央求着我带它出去散步。我便久违地和约翰去了附近的公园，却并没有像以前那样带着它绕着公园走来走去。忽然，我心里萌生了一种特别的想法，我又像小时候那样，两手抱起约翰，把头埋到它的身体上，任它身上的绒毛擦着我的脸。约翰哼叫了两声。我闻着约翰身上那股熟悉的味道，感到非常依恋。回家的路上，约翰实在走不动了，我便抱着约翰回了家。

那天晚上，约翰就在睡梦中离开了这个世界。回想起过去和约翰一起度过的将近十五年时光，我感慨万千。我想，人和狗既能成为朋友，也能成为兄弟。看到那个能和狗说话的少年，我便想起了当年与约翰心有灵犀的自己。对了，小时候有一段时间，我也经常和约翰说话来着。

真想再一次拥抱约翰，听一听它的声音，闻一闻它的味道。

我真想再跟约翰见一次面呀。

一本书和我的奇妙关系

在秋天时出门散步很舒服。在微风吹拂与沉思中安详漫步，就会在不知不觉间忘却身体的疲劳，仿佛去哪里都能走得到似的。在节假日时，漫无目的地巡游在自己喜欢的绝版书店等地，实在是再幸福不过了。

从小时候开始，我就特别擅长找东西。对我来说，在图书馆或书店里找到母亲想看的那本书简直是小菜一碟。上小学之前，我就能记住大部分的平假名了。这是因为每次去书店的时候，我都会让母亲告诉我那些写在书封上的书名该怎么读。虽然我还不会写汉字，但是我能把平假名的形状记住，比如在看到《唯一的山》这个书名的时候，我就问母亲用平假名写出的"唯一的"该怎么读，至于用汉字写的"山"字便不问了。我在很多书名中都找到了平假名，由此背得烂熟了。

1962年，一个名不见经传的小出版社出版了一本名为《走路去巴黎》的漫画书。一位名叫莱昂诺尔·克雷恩的女作家负责写作连环画的故事部分，而绘画部分则由希区柯克①电

---

① 希区柯克：全名阿尔弗雷德·希区柯克（1899年8月13日—1980年4月29日），1956年加入美国国籍，并保留英国国籍。电影导演、编剧、制片人，尤其擅长拍摄惊悚悬疑片，被称为电影悬念大师。

影的背景设计师、巨匠索尔·巴斯 ① 负责。

　　这本漫画书的大小跟普通绘本的尺寸一样，厚度大概七八毫米，页数也不多。然而，这本书的魅力就在于，每翻开一页都会让读者联想到动画片的图像艺术，进而惊叹于索尔·巴斯的高超技法。另外，这本书的文字部分以幽默的笔法表现了安静或热闹、自然或人工、温暖或寂寞的氛围，让人在不知不觉间沉醉于故事之中。整本漫画读来仿佛不是在看书，而是在看一部生动的影视剧。这确实是索尔·巴斯的艺术巅峰。

　　书中故事讲述的是一个名叫亨利的男生非常憧憬法国巴黎，并最终一个人走路去了巴黎，实现了梦想。这个故事老少咸宜。在故事中，每个人都能找到自己心中最重要的东西，获得心灵上的温暖和慰藉。

　　大约在二十年前，我在纽约的一家名为"Old Paper Archive"的绝版书店邂逅了这本书。这家书店不仅卖书，还出售电影的海报和传单。我买下了一张由索尔·巴斯亲自为电影《悲伤哦，你好》设计的电影传单，店主问我是不是喜欢索尔·巴斯，我回答是。于是，店主便向我推荐了索尔·巴斯的这本《走路去巴黎》。我至今还记得自己第一次翻开这

──────────

　　① 索尔·巴斯：平面设计师与美术制作师。一生为 60 部影片的美术设计和 40 部影片的片头进行了创意设计。

本书时的激动心情，并深深着迷至今。店主说："由索尔·巴斯亲自画作的图画书，世间可只有这一本。"我问店主这本书卖不卖，店主摇了摇头，说："你说的什么话，当然不卖了！"可是，他想了想又说："如果你真心想买这本书，我可以以五百美元的价格卖给你。这本书很珍贵的。"

据说，那个时候纽约的绝版书店已经减少了很多，但是站在街头放眼望去，绝版书店仍然鳞次栉比，多得能让人称一整条街道为"绝版书店一条街"。前文也提到了，我从小就擅长找书。为了找到这本《走路去巴黎》，我把店主给我展示的这本书的封面牢牢地刻在了脑海里。

那之后过了一周左右，我还是没找到这本书。正在一筹莫展之际，我在每天都会经过的斯特兰德书店门口放置的廉价书摊里，看到了《走路去巴黎》的后封面。我摆出一副若无其事的表情，眼睛却不由得紧紧盯住了那本书。我把它拿在手里，看到书封上用铅笔写着售价五美元，而且书的品相也很棒。于是，我赶紧捧着书快步走到了收银台，收银台的女员工一看见书的名字马上睁大了眼睛，然后意味深长地耸了耸肩，把书卖给了我。

那天我真的很高兴。我拿着那本漫画书，颇为得意地向朋友们讲述这件事情的经过。但是，那种喜悦的感觉却没有持续多久。几天后，为了方便随时向朋友炫耀，我把那本书放进了手提包里随身携带。有一天我去咖啡厅时，把手提包随手放在了椅子上，然后到在吧台前点单。然而，我再回头一看，发现手提包居然不见了。我手上正拿着钱包，所以手提包里只有那本书和一张地图。我马上走出店外，想看看能不能找到那个"顺手牵羊"的人，结果自然是无功而返。真可惜，我好不容易找到的《走路去巴黎》再也不知去向了。意志消沉的我也就此回了国。历尽艰辛相见却不得不马上分别的感觉，真是让人伤心至极。那之后的几年，我每次去美国旅行的时候，都会特地再逛一逛旧书店，或者去找书籍收藏家询问。我一直想再找到一本《走路去巴黎》，可是至今也找不到第二本。

据说想找什么东西的时候，只要不再想着去找，反而能找得到。等到我终于完全忘记了要去找《走路去巴黎》之后，在秋天的某一天，我在位于东京神保町的一家常去的古书店里又看见了那本书。在书店门口大减价的小推车中，那本《走路去巴黎》就像是一位故友一样凝视着我。我真的吓了一跳，拿起书来一看，售价才六百日元，而且保养的状态比在纽约发现的那本还要好。最后，我像抱着一件珍宝似的抱回了家。

从那以后，我又经历了很多次类似的"相遇"。细数一下，我竟然在国内找到了五本心心念念的绝版书。此外，令我感到不可思议的是，每当我买到这本《走路去巴黎》之后，过不了多久，这本书又会莫名从我的手中消失。它在我的身边失踪了三次，又失而复得了两次。我总觉得，我越是将这本书视若珍宝，它就越是会不知缘由地消失。我哭笑不得地想：要不还是别再找了！我终于想忘掉这本书，因为一旦与它相遇，未来就一定会与它离别。这么想来，我与这本书已经分分合合二十多年了。

然而，就在前几天，这本书又出现在了我眼前。这是我们时隔三年的再次相遇。后来怎么样了？我又把它买回了家。现在，这本书还在我的手里。我把它安放在书架上最好的位置，每天与它打个照面，然后安详地度过一天。

我想，这本书又要离开我的身边了吧！这一次，它是会像往常一样莫名从我身边消失，还是能就此跟我长相厮守呢？

至今，我和《走路去巴黎》仍然像是割舍不断的朋友和家人一样，持续着这段奇妙的缘分。以后我会再写下与这本书的后续吧。

注：2012年，空间网络出版了作者译的日文版《走路去巴黎》，以《亨利去巴黎》为书名。原书于2013年在美国再版发行。

波利纳斯之旅

　　波利纳斯临近旧金山湾东北部的湖泊，是一个规模非常小、却人尽皆知的小村庄，距离市区只有一小时的车程。但是，抵达波利纳斯却并不容易。

　　波利纳斯的名字总是在我的脑海中若隐若现。这里是我喜欢的作家之一理查德·布罗蒂根安度晚年之地，也是钢琴家比尔·埃文斯的名曲《你好，波利纳斯》的诞生之地，更是在繁杂的市场竞争中独善其身的世外桃源。许多著名的实业家和艺术家都曾在这里过了一段安静的生活，而波利纳斯也因他们的到来越发出名。我也一直憧憬着这个美丽又神秘的地方。

　　在地图十分发达的今天，为什么说波利纳斯不容易到达呢？那是因为波利纳斯的居民大都追求平凡舒适的日子，不愿意让外界的来访者破坏村庄的宁静。想到抵达波利纳斯，必须先走国道，再穿过一条非常狭窄偏僻的山路。不论是根据地图开车，还是通过语音导航，都很难找到那条山路。因为这条山路的入口，恰好被一片茂密的树林所遮蔽，不知情者根本猜不到，在这片密林的背后就是美丽的波利纳斯。虽然政府在山路的入口附近竖立了写有"从这里拐弯去往波利纳斯"的路牌，但是这个路牌却总会被波利纳斯的居民们偷偷带走扔掉。政府接连跟居民们"斗智斗勇"了好几次，终于放弃了在这里竖立路标。因此，能够从国道经由山路抵达波利纳斯的只有波利纳斯当地的村民，或者是一些公务在身的人。这座小村子彻底成了地图上的一座"陆地孤岛"。我已驱车去过好几次波利纳斯了，但每次去时还是会迷路。这次是我第一次根据旧金山的一位朋友的指引走山路去波利纳斯，我一边握着汽车方向盘，一边按捺不住内心的激动。

　　我驱车渐渐穿过茂密的森林，慢慢感到视野豁然开朗，眼前的一切就像中世纪欧洲的田园风景一样宁静又美丽，这里有牧羊人，也有风车小屋，平静得宛如画中的世界。我甚至以为自己穿越到过去了。四周静悄悄的，连天空的蔚蓝色都让人忍不住觉得有些失真了。我又驱车走了一会儿，忽然发现茂密的森林里又"长"出了几间民房，这些散落在森林深处的民房也像中世纪欧洲的宅邸一样优美朴素，丝毫不让人感到寂寞乏味，令人一观便感觉生活温馨。

　　在旁人看来，此刻的我大概正张大嘴巴、睁大眼睛握着方向盘吧。我被这美景深深折服，甚至快要忘记了呼吸。为了找回一点理智，我降低车窗做了个深呼吸，一股难以言表的甜蜜香味随之沁入了我的心脾。忽然，我发觉对面有一辆车子悄无声息地开了过来。那是一辆样式古老却又保养精致的深绿色大众牌汽车。因为山路较窄，我便减慢了车速，又把车子主动停到了路边。那辆大众汽车没有与我的车子擦肩而过，而是停在了我的车旁边。我仔细一看，发现开车的人居然是一位苍颜白发的老奶奶。

老奶奶坐在驾驶座上，笑着跟我打招呼："你好。"我也回答："您好。"

接着，老奶奶又从自己的车里拿出来一串葡萄，顺着车窗递给了我，说："这串葡萄送给你。"

我犹豫了一下，还是双手接过了葡萄，说了句："谢谢您的好意。"

最后，老奶奶说："祝你今天过得愉快！"说完，她就慢慢地驱车离开了。我顺着后视镜一看，发现那位老奶奶正把手伸出窗外向我挥手告别，直到她的车子渐渐消失在远处。这次经历就像童话一般，如此短暂，又令人倍觉美好温暖。于是，我再度深呼吸，驱车出发了。这一次，我的车里多了那位老奶奶送的葡萄的甜香。

我把车开到了波利纳斯的小商业街。虽说是商业街，但是只有一些诸如咖啡店、邮局、书店、日用品店等满足日常生活需求的店铺。波利纳斯的居民们常常在这条街上购物、聊天、散步、休闲，氛围颇为温馨舒适，一点也不会给来访者造成被排斥的感觉。走在路上时，只要跟陌生人对上眼睛，对方就会热情地打招呼："你好呀，今天天气真好！"被人认出来我不是当地居民之后，他们还会满脸笑容地对我这个外来客说："欢迎来到波利纳斯！"据说，大部分住在波利纳斯的人都是经济富裕之人。但是，我并没看到几个波利纳斯的居民身着名牌，乘坐高级车，或是举止奢靡张狂。无论走到哪里，都能感受到波利纳斯居民简朴务实的生活品位。这里的人不论老少，都不过分在意物质的多少，即使一无所有，也像物质丰盈一样充实自得。或许，波利纳斯的居民们都是生活的天才吧！波利纳斯充满了生活的恬静自在之美，我连生活在这里的一只蜂子都忍不住羡慕。

波利纳斯面朝太平洋，四周又被滩涂自然保护区波利纳斯·拉格恩所包围，是各种野鸟和小动物的乐园。我在波利纳斯唯一的一家食品超市"Piples商店"里买了一个三明治，就着老奶奶给我的葡萄当作午饭。那一天的天气很好，水面上波光粼粼，反射着太阳光的七彩颜色。轻快的微风从水面上轻拂而过，仿佛把我心中的所有烦恼都吹散了。

我买的三明治是用手工面包和波利纳斯当地种植的蔬菜做成的，包装纸上面还写着厨师的名字和他手写的一句话："你好，感谢与你相遇。这份三明治是我为了今天的你而做的。"

我一边大口吃着三明治，一边漫无目的地欣赏着远处的景色。或许是办完了事情回到了村子里，刚才在森林里遇到的绿色大众汽车又慢慢地驶了过来。那辆车子原本想直接开去村中心，可是忽然停了下来，又倒车回来，开到了我坐着的地方。

　　车子靠近我之后，那位驾车的老奶奶降低车窗，朝我露出了一个微笑："又见面了。能告诉我你的名字吗？我叫雪莉。"我报上自己的名字，又跟她打了一声招呼。老奶奶笑着点点头，说了声："谢谢你，再见呀！"随后便驱车远去。我目送老奶奶的车子渐渐消失在地平线中，消失在村子的风景里。

花草和走廊下的床

周末去花店买些花草已成了我长年的习惯。

我是花店的常客，所以已经不用特意订购鲜花，只要打个招呼，花店就会为我包好喜欢的花束。我买的花草通常都是绿色和白色的，从没买过红色、粉红、青色的花。绿色清爽，白色高洁。白色的花多为玫瑰，茎的修剪长度也是固定了的。我往往会专程去花店一趟，带着包好的花束径直回家。

一年又一年，每到周末时，我都会买一些花草点缀房间。这样一来，插好的鲜花就能在周一盛开，让所有人都看到它们的可爱和美丽劲儿。周一早晨醒来的时候，闻到满房间的香气，看到房间里的鲜花静悄悄地盛开着，就会感觉全身充满了干劲。

无论多么新鲜的花草，过了一周左右，白色的花瓣就会开始变淡，渐渐就枯萎了。这时候，我就会把花茎切开，把它们分开放在几个小花瓶里。因此，我家常年不缺绿色和白色的花朵。

今年夏天很热。也许是这个原因，花草的保鲜期都不太长。我不能一整天都开着空调，只好打开窗户，再用窗帘遮住阳光。即便如此，房间的温度还是不断攀升，热得家里的花草都枯萎了。虽说往年的夏天也很热，但这还是第一次热到令鲜花鲜草凋谢。我想，我应该永远不会忘记今年的夏天吧。一想起夏天，我的脑海中总是会模模糊糊地浮现出这样一件儿时往事。

从我出生到十五岁，我和父母、姐姐一家四口一起生活在中野区本町四丁目的柴田庄公寓。我家住在一号房。

一进玄关就是三张榻榻米大小的壁龛和厨房，再往里走只有两间六张榻榻米大小的和室。厨房的角落里有厕所，但没有浴缸。那时候，我家里没有空调，每到夏天炎热的夜晚时，家人就会打开窗户，让凉风透过纱窗吹进来。在六张榻榻米大小的和式房间里，我们一家就挤在一起睡觉。现在想起来，当年真是过得很辛苦呀。

从十五岁的时候开始，我家就有了周末买花草的习惯。这个习惯一直保持到现在。

在柴田庄生活的时候，某个夏天炎热的夜晚，我对父亲说道："父亲，今天我想在走廊下睡觉，可以吗？在廊下铺好被子，抬头便可以看见星星，在星星的笼罩下睡觉，多好呀！"

"你想在走廊下睡觉呀，那就这么办吧。"父亲答道。

在夏天的夜晚，躺在野外的空地上，在星星的拥抱下入眠，这是多么快乐而美好的事情呀！得到了父亲的允许之后，我高兴不已。然而，不知什么时候开始，我居然忘记了年少时的这份乐趣。

走廊的宽度是六十厘米左右，长度不足两米。晚上九点过后，父亲就帮我在走廊里放了三张坐垫和一个枕头。我盖上一条毛巾被，躺下了。抬头一看，屋檐的上方就是满天的星空。我不由得"哇"的一声，一会儿幻想着也许能看见流星，一会儿暗暗比画着哪颗星星和哪颗星星能连成一个星座，想着想着就睡着了。此后，我得到了父亲的允许，每周都能在走廊下睡一次。到了深夜，有铃虫和蟋蟀的叫声伴我入眠；清晨，又有麻雀和鸽子在走廊边欢欣鸣唱，温柔包围着熟睡的我。

在野外度过夏夜成了我的秘密。在走廊下度过的每一个夜晚都令我无比兴奋，我就像终于拥有了一间属于自己的房间一样，并且，我的这个"房间"还大得很呢！

即使是长大后的今天，我偶尔还会在阳台上铺好被褥，重温一下年少时"天为被、地为床"的夏夜。虽然在旁人看来，我更像是一个被赶出家门的可怜汉。但我的心情是兴奋和快乐的，与年少时并无分别。

关于媒体的一点思考

望远镜和放大镜

常常有人问我："你用过 Kindle 或者 iPad 吗？""你觉得这些产品如何？""你认为纸质书籍会不会逐渐销声匿迹？"

我很喜欢新鲜事物。所以，在 iPad 刚开始发售的时候，我就马上买回来使用了。我个人认为，由 iPad 引发的"电子书革命"并非坏事。电子书的使用感的确很好。但若要问我电子书的发展是否会威胁纸质书籍，并不太容易回答。

即使气旋式吸尘器普及到了千家万户，扫帚和簸箕的"黄金组合"也没有消失。即使人们有了微波炉，蒸锅也没有被人类文明所淘汰。即使用户减少了，这些跨越了千百年历史的传统用具仍然在人们的生活中扮演着重要的角色。它们都是经由数代人类的努力而诞生于世的产品，即使现代人的需求有所改变，它们也不会轻易消失。

我们之所以会关注纸质书籍的存亡，或许是出于我们对从事纸质书出版行业的工作者的关心吧！实际上，我们绝大部分人对纸质书的存续一点也不在乎。因为我们都拥有自由选择的权利，自然会选择那些方便有趣又具有实用价值的内容咯！

如果纸质书消失了，应该会有很多人后悔不迭吧！但是，如果问他们："那么，你以前经常买纸质书吗？"自然有人会回答："当然了，我以前经常买书。"想必也有不少人会说："我一直也没怎么买过书。"所以，在某种程度上，纸质书的消失也源于我们对新媒体形式的向往。

我来说说自己使用 iPad 的感想吧！把 iPad 买回家之后，我就立刻拆箱开始使用了，刚开始时很开心。可是，我只用了一周左右就觉得厌倦了。我觉得拎着 iPad 在人群中间走来走去实在有些羞耻，就把 iPad 丢在了房间里，再也不拿出去用了。而且，手持 iPad 时，界面很容易不稳定。阅读文字时，眼睛也非常容易疲劳。不玩游戏的我曾经以为 iPad 只不过是电脑的延续，后来我才知道自己真是大错特错了。最终，我毫不留恋地把那台 iPad 送给了朋友。

我对 iPad 没有丝毫留恋的最大原因是，我终于明白了：iPad 并不是生活中必需的工具，只是一款娱乐至上的玩具。

仔细想想，我们身边的好多东西都是如此。它们在诞生之初都是朴实无华又踏实实用的生活工具，可是随着不断更新，它们越来越偏离最初"知性、实用的生活工具"的轨道。电脑就是如此，初诞生时，电脑充满了朴实甚至是有些粗俗的工具感。发展到现在，电脑却变成了以娱乐为目的的玩具之一。这种"从工具到玩具"的蜕变，不仅存在于电脑的发展过程当中，也存在于电器、汽车等很多产品的发展历程中。

更新后的产品往往以高性能和高便利性为卖点，但是这些新产品所带来的新鲜感，实际上尽是并无大用的娱乐享受。在如今这个娱乐至上的年代，寻找能够长久使用而不厌倦的生活工具已经越来越难了。

那么，在现代社会最普及的是什么呢？肯定不只是尖端技术。我们绝不能被充斥在生活各处的信息和广告所操纵。即使又诞生了什么新鲜事物，我们也不要让自己被其左右，而是要把它们当作一种自然现象，心平气和地去欣赏和享受。因此，面对电子书的热潮，我们也尽可以将其看作阅读纸质书乐趣的一种延续，平淡视之便好。

电子书也好，纸质书也好，其实都是由人编辑而成。用键盘打字，还是用钢笔写字，其实没有什么太大的区别。如果非要说两者有什么不同之处，打个比方来说，应该就跟望远镜和放大镜之间的区别很像吧！

电子书就像是望远镜。与其说是在阅读，不如说是在远眺、浏览、探索。只需"浅尝"的电子书总是与我们保持着一定距离，关系也比较淡漠，但也正因为如此，我们才能在短时间内获取更多的信息，这也是它的优点。不过读来却往往寡淡无味。

纸质书则像是放大镜。与其说是在浏览和探索，不如说是在精读和体悟，在闻其味、感其形、品其心。由此，纸质书与我们的距离总是非常近，关系也更加深厚。由于读得更加认真，我们往往需要花费更多的时间才能获取有效信息。不过，只需用心精读一次，这些文字便会和各种情感融合在一起，深深地烙印在读者的心里，如同窖藏多年的老酒，回味悠长。

总而言之，望远镜和放大镜之间的差别只不过是看远处和看近处的差异而已。我们这些使用者们只需根据客观需要，灵活选择即可。

浏览和精读的区别很难辨明。如果想体会书中乐趣，选择纸质书自然是最好的。如果想轻松阅读，肯定是电子书比较好。这就跟使用铅笔一样，即使我们买了自动铅笔，也不会就此把铅笔丢掉，而是会根据实际需求善用两者。因此，不必拘泥于纸质书和电子书的差别，也不必非得倒向一方，纸质书有纸质书的好处，电子书也有电子书的好处，兼取二者之长就好。

我以望远镜和放大镜的比喻解释电子书和纸质书的差别，这种比喻还可以运用到我们的日常生活中。我们在生活中，不能仅采用望远镜或放大镜的一种视角，而是要带着望远镜和放大镜的两种视角、两种心情，灵活自如地去体验生活，看待世间万物。

我们既要看到今天的事物，也要远观未来的前景；既要看看脚下的道路，也要远眺前方的景色。事物总是保持着左右、前后、内外、阴阳的整体协调，因此我们在看待事物时，也不能只取一处、只观一面，而是要统筹兼顾，尽力看到事物的方方面面。

再举一个例子。如果想探索什么事物，我们可以采取上网搜索或者实地调查两种方式。先用望远镜的视角进行远观，寻找并瞄准目标，再动身前往目的地进行实地考察。实地考察时，再用放大镜的视角亲身观测，努力挖掘和探索。只有遵循这一流程，我们才能真正挖掘出事物的本质。单纯依赖望远镜或者放大镜的视角，都不可能有新的发现。

我想学习真正的知识，也想寻找全新的发现。每到这时，我都会想到一直以生活、风俗、智慧等为中心而走遍全国各地的民俗学者宫本常一先生。为了寻求日本人的本质、挖掘日本特有的历史和文化，宫本常一先生踏上了旅途，进行实地调查。他认真倾听无名普通人的故事，不断思考着活在当下的我们究竟应该传承什么精神。在望远镜和放大镜双重视角的动态平衡下，他最终找到了日本人独特的味道。

宫本常一对发展至今的民俗学抱有疑问。他认为，民俗学的研究对象不应该是那些所谓的民俗现象，而应该是人们的日常生活。对普通人的生活状态进行详细调查，不是很有必要吗？宫本常一主张，在民俗学研究中，只记录用望远镜看得到的东西是绝对不够的，我们还要用放大镜的视角对事物进行细致观察。基于这一理论，宫本常一创作了《被遗忘的日本人》等众多著作。在这些著作当中，众多读者得以一窥日本人的丰富生活。

　　宫本常一为后世留下了这样的话："只有能被人们记住的东西才有被记录下来的价值。"今后，无论信息化社会如何发展，无论产生多么新颖便利的东西，我们也不能忘记宫本常一的这句话。既然是能被人们记住的东西，就是符合人们需要的东西，也是用放大镜所能看到的东西。为了找到能被人记住的东西，望远镜也是必要的。

关于媒体的一点思考

　　我想到了一件有趣的事。据说，这个世界上的所有东西都不是以直线而是以圆形进行着周期性的运动和变化。虽然事物在各自周期运动的速度、长度等方面各不相同，但是所有的事物都会在一定的周期中进行螺旋式上升，这一点毋庸置疑。

　　包括出版业在内，媒体行业的进化周期是什么样的呢？为了挖掘出版业的本质，我一边追溯出版业的发展历史，一边思考。虽然，这种周期运动的说法只是一种假设，但它却唤起了我对身边各种变化的好奇心。

　　所谓媒体，就是因交流而诞生的工具。换句话说，媒体就是因为人与人之间传递信息的需要而诞生的，是我们在日常生活和工作中不可缺少的一部分。

　　我们先来探寻一下媒体诞生的源头。在上古时代的交流中，首先诞生了发音和词汇。人们面对面，彼此用肢体动作和声音词汇进行信息交换，这就是"口语"。

　　后来，人们为了能将口语传达的信息保留下来，便发明了以图形符号表意的图画文字[①]。跟口语不同，记录在墙壁上的图画文字能够承载更多的信息量，并且可以长期保存。这就意味着沟通不再只是一对一、面对面的信息传达，只要看到了图画文字，所有人都可以共享文字所表述的信息。因此，我认为图画文字的发明或许就意味着媒体的诞生。我猜，发明了图画文字的远古人们一定非常高兴吧！

继图画文字之后，人们又发明了传递信息精确度更高的文字。通过文字，人们获得了大量的信息，也得以将人类生存的智慧代代相传。

最终，来到了活字印刷术的时代。被誉为印刷起点的活字印刷术带来了新一轮的媒体升级。在发明印刷术之前，媒体的传播力非常有限。随着印刷术的发明，大量以文字形式传播信息的媒体也得以萌芽。到此为止，我们可以大致得出结论，媒体的进化历程一般可以归纳为：口语（口口相传）、图画文字、文字、印刷术。而媒体发展的周期也不过是在这四项之间不断循环往复，就像一段四拍一节的音乐旋律。

当媒体发展进入到第二个周期时，口口相传一节进化为

----

① 图画文字：是文字的雏形，也可称作原始文字，它记录了语言中词的声音和意义，与有声语言有直接联系。它的发明是人类文明史上的一次质的飞跃。

电波通信，口语也因而变成了无线电波，信息媒体的功能获得了进一步提升。随后，让静止的画面动起来的制作技术和摄影技术映像诞生于世，图画文字一节也逐渐进化成了"电视"这一媒体。

发明电视之后，下一节的文字却很长时间都没有进化。文字自从问世以来一直深受人们喜爱，它也在此后的媒体进化方面发挥了很大的推动作用。比如说，文字促进了电脑的发展。众所周知，苹果电脑的创始人史蒂夫·乔布斯在该公司的电脑上率先添加了更改文字的字体、字号等功能，并由此实现了个人电脑的全球普及。在这一阶段，文字经历了从模拟态到数字化的巨大变迁。曾经只能靠手写出来的文字，如今也可以用电脑键盘轻松敲打出来了。

印刷术这一节的进化又如何呢？所谓印刷，就是在纸张、布匹之类的平面上印上文字和图画。随着时代的进步，电脑问世，原本印刷着各种信息、承担着信息交流任务的纸张和布匹等，逐渐被互联网所取代。由于文字不再只依靠手写，印刷术也在向互联网的方向不断发展。

在媒体的第二个发展周期里，口语逐渐发展为收音机，图画文字变成了电视。这两种变化的共同特性是推动了媒体传播手段的升级。同样地，文字从单一手写转变为电脑录入，印刷术也进化成了互联网。到此为止，变化极为显著的第二周期正式结束。

让我们来分析一下媒体的第三个周期吧！周期假说是从上古时代开始推演的，到了第三周期时，时间已经来到了现代。首先，口口相传历经第二周期的无线电广播，最终在当代进化为以播客^①为代表的网络广播。与第二周期由口语到无线电波的大幅进化相比，第三周期的这种变化形式非常微妙。目前，网络广播的稳定性还很弱，而且，第二周期的无线电广播时代还没有告终。但是，网络广播可以让人们听到全世界的广播，也可以提供创建个人广播电台的服务。不难猜到，网络广播将在今后发挥其巨大的潜力。

图画文字在第二周期时进化成了电视。到了第三周期时，电视又进化成了以 YouTube 为代表的网络视频，这也是一种微妙的变化。虽说现如今的电视业很艰难，但是还远没到山穷水尽的地步。

文字的进化形态个人电脑，在第三周期进化成了智能手机。对于这一点，我想各位读者也不会有任何异议。

第三周期进化的共通点是：拉近受众与信息源之间的距

---

① 播客：是数字广播技术的一种。可以理解为播放音频、视频的客户端。出现初期借助一个叫"iPodder"的软件与一些便携播放器相结合而实现。网友可将网上的广播节目下载到自己的 iPod、MP3 播放器或其他便携式数码声讯播放器中随身收听，不必端坐电脑前，也不必实时收听。并且，网友还可以自己制作声音节目并将其上传到网络。

离，让曾经看不见、摸不着的东西变得近在咫尺。此外，在第三周期的时代，信息的受众们可以亲自参与到媒体行为中来，成为新的信息源。这就是所谓的自媒体。

接下来，互联网作为印刷术的第二周期进化形式，又将在未来产生怎样的进化呢？

随着时代的进步，我们日渐感觉到人类的发明创造已经来到了临界点。在昭和时代，各种新型电气化产品层出不穷，而当代的产品几乎都是已有产品的升级版本。因此，我认为，随着时代的变迁，出版业的进化应该也不会有大幅度的改变，最多只会在模式升级或者使用方法、信息载体等方面有所变化。

经过口语、图画文字、文字、印刷术和互联网之后，令人担忧出版业存续的征兆就存在于下一个变化时机之中。互联网又将会在何时何地、以何种形式进化呢？它又会进化成什么形式呢？至少，我们有一点可以肯定，那就是互联网一定不会进化为纸质媒体。

因此，虽然有点幼稚拙劣，但考虑到任何事情都有其进化周期，我们便可以由此清晰掌握包括出版业在内的媒体进化过程，并找到其中的关键词。我们甚至还可以据此预测未来。这也是对古圣先贤所说的"想知道未来，回顾过去就行"的实际应用。

其他领域也必定有着各自的进化周期。若能以同样的方式进行一番推演，说不定就会有什么新发现呢。

接下来是第四周期，循环又要再次回到口语阶段了，媒体又会有什么新进化呢？

相比书籍，更爱杂志

　　不，与其说是更喜欢杂志，倒不如说是我对杂志有一种更深的亲切感。不知从什么时候开始，我的生活中便满是各式各样的杂志，甚至随便一伸手就能摸到一本。

　　我还记得第一次用零花钱买杂志是在小学三年级的时候，买的是一本漫画杂志。其实，当时的我并不是为了买杂志，更多的还是为了买漫画。所以，我的心里除了兴奋之外还抱有一点点愧疚，我买的是"不务正业"的漫画嘛。

　　我购买的第一本给自己生活带来影响的杂志是专为成熟男性设计的男士杂志《POPY》。那时候的我正读中学一年级。我记得，付完书钱之后我在书店柜台前把杂志装进了手提袋里。可是等走出店门后，我就把杂志从袋子里拿出来，拿在手上了，因为我觉得买了《POPY》的自己特别有男人味。为了多炫耀一会儿，我还故意选了一条绕远的路回家。在半路上，我遇见了一位朋友，他指着我手中的杂志问道："你买的是什么杂志？"我得意扬扬地答道："我买的是男士杂志《POPY》。"说完，我觉得自己更气派了。我迈着方步往前走，左手换右手、右手换左手地拿着那本杂志，时不时再看看映在路边店铺橱窗上的自己，心里暗暗觉得今天的自己比昨天看起来更帅了。

那已经是三十年前的事了。现在回想起来，当时那种不知缘由的自信应该就是那本杂志的力量吧。在即将要从孩子长成大人的青春时代，几乎每一个十几岁的年轻人都会变得特别多愁善感，虽然有很多事情都想要去了解，但是却发现不懂的事情太多太多，一时也无从学起。年轻究竟意味着什么？世界上发生了什么？以后应该学习什么？自己到底是什么样的人？总之，问题一串接着一串，想也想不通。对我而言，第一次告诉我这些问题答案的，就是杂志。从杂志上，我学会了很多东西，然后又把这些东西与我的朋友们分享。在与他们分享知识的过程中，我再次加深了自己对这些答案的理解。

当时，外国的年轻人文化特别受欢迎。以《POPY》杂志为首，各大杂志都在向国内的年轻人传递流行文化的讯号。大到时下流行的穿搭方法和与女生约会的小贴士，小到 T 恤的清洗方法、提包的拿法、运动鞋带的系法、书信的写法、煎鸡蛋的吃法、照相机的用法、野营的方法，甚至是牛仔裤的下摆长度该留多长，这些都能在杂志当中找到。杂志里充满了能给当前的生活带来梦想与希望的知识和各种通俗易懂的人生智慧。是它们告诉我，即使没有很多钱，只要肯对生活花一点心思，也一样能开心地过好每一天。在杂志当中还能找到对外国的生活方式、风景名胜、名产好物等内容的充分介绍，为年轻的我展示了一片更广阔的世界。我在杂志的陪伴和影响下渐渐长大成人，对我来说，杂志就像是我的兄长或朋友，也是我的"生活教科书"。即使现在的我已经从那个读杂志的人变成了编辑杂志的人，我对杂志的感情也从来没有改变过。

所以，我写下了这篇关于杂志的文章。现在已经是纸质杂志滞销的时代了。因为网络的普及，只要上网一查，知识和哲理要多少就能有多少。遇到问题时，上网查询也比跑书店买书来得更快，而且还不花钱。也正因如此，纸质杂志就越来越卖不出去了。那么在未来，杂志这种媒体形式会逐渐消失吗？我认为不会。因为在我们的行为模式当中仍然保留着阅读杂志的行为习惯。只要阅读杂志的行为习惯还有所保留，那么杂志就有可能产生新的商业利益。即便只有一点点利润可图，杂志也可以在这个科技爆炸的时代里继续存活下去。

然而，在不久的将来，我们应该不再会花钱买纸质杂志了。可能有些人会觉得我这种预想很愚蠢，但是只要仔细看看这世界的变化，就会马上理解我说的这种可能性。而且，纸质的新闻报纸一定会比纸质杂志先消失。在欧美国家，网络报纸已经逐渐成为主流形式。纸质报纸和杂志主要依靠广告费维持生存，如果它们今后收不到广告费的话，它们的收入来源就会被切断，自然也就无法继续存活了。曾经有人就每天阅读纸质杂志广告的读者比例进行过一项调查，通过调查数据也可以看出，近几年来这一比例确实在变小。当然，纸质报纸也是如此。最近几年，世界各国企业向互联网支出的广告费用几乎都已经超过了向纸质报纸和杂志支出的费用。

我们这些杂志编辑该如何应对这种情况呢？难道要继续闭目塞听、保持现状，一直到纸质杂志彻底被淘汰的那天吗？当然不行。即使一份工作改变了形态，当前从事着这份工作的人也有责任将它完好地传承给下一代人。很多人总是觉得只要自己这辈子有口饭吃就行了，这种想法是荒谬绝伦的。人类代代积累的智慧和经验是全人类共同的财富，必须将它们完好无损地保留下来。

那么，我们又该如何振兴传统纸媒、留存这笔人类财富呢？

措施有二。第一，别放弃希望。我们一定要把纸质杂志的内容做得更好，让每一本纸质杂志都能给读者带来收获。我们必须编辑出纸质杂志特有的、让人一读就非买不可的内容。杂志的美丽就在于内容新鲜。想要向内容新鲜的目标进一步发起挑战，就必须不让杂志落于陈规旧套，要确保每一期杂志都能给读者带来新内容、新视野。今后，纸质杂志这一媒体形式必须停住逐渐落俗的趋势，要跟随时代的进步而不断成长，同时也要继续为迷茫的人们指引未来。

　　为了实现这一目标，不断追求新鲜感自不必说，我们还必须用心去编辑每一期杂志。比如提高杂志的可读性，增加更有趣、简洁、易读的文章，让读者在捧腹之余学到有益的知识；要为杂志文章配上美丽的照片，设计出独树一帜的版面，让杂志在字里行间充满梦想和希望；要博采古今中外之事，让每一篇文章都能为读者带来益处；要改变单一说教的形式，与读者一起学习和思考；要始终保持自由公平的精神，怀着一颗温暖的心为读者的所思所想执言；要始终保持丰富情感，待人谦逊有礼，多多微笑……

　　这些做法看起来好像都挺简单，但是真做起来可一点也不容易。

　　第二个措施是彻底舍弃传统的纸质印刷媒体，创造出一种全新的媒体形式。这种新媒体可能依托于互联网，也可能依托于其他新的媒介。不妨在多年的工作之余揉一揉思维僵化了的脑袋，想办法创造出一种前所未有的新媒体形式。这种新媒体形式不会仅存在一时，而是会永存永续。如果我们这些在印刷媒体中长大的人能把这种新媒体形式留给下一代的话，那真是一件幸运的事。无论我年岁几何，我想了解的、想学习的东西仍然堆积如山。我真不想忘记自己第一次买杂志时的那种兴奋之情，想必这些新一代年轻人的想法也跟我一样吧。虽然我们这代人和现在的年轻人之间在生活方式和行为习惯上都不尽相同，但幸好在生活的哲理方面总还是可以共通的。因此，未来一定会出现一种能够丰富个人生活、为人生带来希望和梦想的新媒体形式。而现在，努力编辑出更优质的纸质杂志内容，正是我们迈进新媒体形式的重要一步。我们必须时刻关注着世界变化，平衡好时下工作与未来发展的关系，这就是时代赋予我们这些杂志编辑的历史使命。

我一直想创造出一种比纸质杂志更令人喜爱的媒体形式，希望以后能够通过时下的新媒体，重拾过去那种满心期待着下期杂志上市时的雀跃之情。

随笔和散文的区别

　　我读过的大部分书籍都是随笔或散文，因此，与其说我是读书爱好者，不如说我喜欢读的是随笔和散文。

　　后来，我甚至还开了一家专门出售随笔和散文的书店。

　　为什么我会如此痴迷随笔和散文呢？原因说来也简单，单纯是因为它们读起来有趣罢了。因为随笔和散文的创作不必拘于形式，作者可以信笔成文。阅读这样的文字，就像在聆听作者的谈话，又像老友坐在面前与自己聊天，令人倍感舒畅和温暖，不必紧绷神经，只需放松地读下去便好。

　　把生活和工作上的小事和趣事写成文章，这就是随笔和散文。比起一天中最闲散舒适的三餐时间，我更喜欢聆听别人说话。所以，我这样的人自然也会更痴迷于叙事为主的随笔和散文了。

　　有一天发生了这样一件事。

　　我收到了一封书信。信中写道："我在报纸上看到您经营一家专门出售散文和随笔的书店。我有幸拜访过一次，看到贵店的散文、随笔十分齐全，方知贵店诚如宣传所述，的确汇集了文笔最上乘的散文和随笔作品。鄙人虽然已经八十三岁，却十分喜欢读书，尤其热衷于研究散文和随笔。

不知道鄙人是否有幸与您当面畅谈对散文、随笔的见解呢？"

关于散文和随笔的闲谈啊。

我怎么会不接受这一阅读盛宴的邀请呢？于是，我马上写好了回信，依地址寄了出去。

原信的主人是一个拄着拐杖的老绅士。我们在寒冬的一天见了面。老绅士几乎把整个身子都裹在一件英国制的粗呢大衣里。他上身穿着海军夹克和衬衫，藏在衬衫里面的脖子上还围着一条厚绒围巾。脚下是一双擦得油亮油亮的英国制皮鞋。

老绅士一开口，就用特别亲切温柔的语调说："那么，我们开始聊吧……"

接着他问我："作为书店经营者和文字编辑，你认为随笔和散文的区别在哪里呢？"

随笔和散文的区别？面对老绅士的提问，我一时语塞。

把"随笔"这个词翻译成英语就叫"散文"，日语当中的"散文"就叫"随笔"……哎呀，不对，这两者的概念完全不一样，随笔是……散文是……我拼命地想找话回答，却根本找不到合理的解释，只能窘迫地坐在椅子上说些没逻辑的车轱辘话。

"你果然不明白啊。大部分人都不明白散文和随笔的差异呢。如果不能理解散文和随笔的区别，就不能算是真正痴迷于散文和随笔啊！"

老绅士忽然把脸凑过来，认真地盯着我的眼睛，就好像用无形的手指捏着我的耳朵让我听讲似的，郑重其事地说道："散文必须要叙述出真实发生过的事情；而随笔，则必须要描写出作者自己的内心状态。你明白了吗？换句话说，散文侧重于叙述真实发生的某一事件，而随笔侧重于通过某一事件来展现作者的内心想法和感受。其实，二者仅在写作的着笔点上稍有不同。这么简单的区别，你居然不知道呀。"

此前我一直隐约觉得二者有所不同，却总是说不清楚。听了这位老绅士的解释之后，我才感到一直堵在自己胸口的那块困惑之石应声崩碎，而我的思路也终于得以如山涧清泉般畅通无阻了。

"真的非常谢谢您的指点，虽然不知缘由，但听了您的这番话之后，我心中的困惑终于消失了。"

老绅士点了点头，拍了拍我的肩膀。

"你还应该知道的是，散文作品的开端是平安时代[①]成书的《枕草子》。《方丈记》和《徒然草》都是后来诞生的散文经典之作。而开创随笔作品先河的是法国蒙田的《随笔集》。你可以读一读《枕草子》和《随笔集》，比较二者的

---

① 平安时代：日本古代的一个历史时期。从桓武天皇将首都从奈良移到平安京（现京都）开始，到源赖朝建立镰仓幕府为止。

文字风格，便可以理解散文和随笔的区别了。"

我像身在课堂的学生一样，满眼虔诚地看着老绅士，认真聆听他说的每一句话。

"散文和随笔还有一个重要的区别。那就是散文都是根据真实发生的事实写作的。既然是基于实际发生过的客观事实，那么对于了解这一事件的人来说，便可以从文字中吸取有益于日常生活和工作的各种知识、信息和教训。换句话说，散文是具有实践价值的实用性文学。随笔则是将作者的所感所思描写出来的一种文学体裁。因此，随笔能够剖析人类丰富的内心世界，是一种描绘真实性的文学。所谓的剖析人类内心世界，就是能够发现感动、分享感动。随笔告诉我们，人类不是机器，而是一种会思考、会感受、会哭泣、会欢笑的感情动物。"

说到这里，老绅士喘了一口气，将前倾的身体靠回了椅背上。

《生活手帖》创刊之时，翻开第一本杂志，便可发现当时大多数版面都被散文占据了。听了老绅士的话，我似乎明白了杂志社当初为何会如此组稿。散文是具有实践价值的实用性文学。《生活手帖》杂志的编辑理念始终都是实用性，这样想来，把散文和菜谱、家具作法等文章同登一刊的做法就不难理解了。我相信，《生活手帖》的前任主编花森安治先生一定是认为，读者读到了这些散文，能从中获得一些对生活和工作有益的启发吧！而且散文不会过时，无论何时重读都会有新的收获。

"我自己特别喜欢阅读女性作家创作的散文。她们文笔和心思通常比较细腻，能够更加详细地描绘真实生活中的大事小情，读来令人颇感趣味。"

"嗯，那很好。在日本文学中，诗、歌、俳句等韵文学暂且不论，散文、随笔、小说、自传、评论、日记、纪行文学等统称为散文学的作品，其实都是以成书于公元935年的纪贯之的作品《土佐日记》为开端的。继《土佐日记》之后，执笔创作散文学的男性作家很少。比较出名的古典散文集有公元975年藤原道纲母的作品《蜻蛉日记》、公元996年清少纳言的《枕草子》、公元1010年紫式部的《紫式部日记》、公元1060年菅原孝标女的《更级日记》等，这些都是女性作家的作品。日本最古老的小说《源氏物语》也是女作家创作的。因此，日本文学其实是由经历过岁月洗礼的女性作家们培育出来的。鄙人也喜欢女性作家创作的散文，尤其喜欢野上弥生子和网野菊的作品，她们两位也曾获得文学奖。所以，我觉得您的书店可以考虑增加一些女作家的作品，这是一种很好的尝试呀。"

关于散文和随笔的区别自然还有很多种同义不同形的解释。但是，我仍然牢记着那位向我细心解释散文与随笔区别的老者的话，我相信那就是我要找的正确答案——散文是一种具有实践价值的实用性文学。

说得好呀。

最后，还要常记得体验世间万物，百味不忌。

后记

从2005年10月到2015年3月，我担任了大约九年的《生活手帖》杂志的总编。在这期间，我创作了《生活手帖》杂志的编辑后记"编辑的手册"，连载随笔《你好，再见》以及长期订阅的小册子《总编日记》。我始终关注着读者的所思所求，把自己每天的思索和心境写成文章，再不断传达给他们。

现在，我在库克帕德株式会社工作，主要负责日常开发和运营一个以丰富生活为主题的网站，网站名字叫"生活之本"。这份工作的风格与媒体工作大不相同，但是在思考受众、推送内容、推送形式等方面，两者还是有共通之处的。

这一共通之处就是，二者都要把在日常生活中悄然萌芽的小奇迹、小发现，以及各种生活建议和人生智慧分享给大家，让大家相信这些内容能够帮助他们进一步丰富个人生活、增添生活的色彩。并且，我作为内容的推送者，也应该尽可能地向读者传递我的表情、感情、内心的温度，让他们知道我的所思所想、所惜所爱，也让他们相信我会永远和他们携手并肩，永远尽全力为他们加油鼓劲。

在就任总编的那天早上，我向《生活手帖》杂志的创刊者、如今已故的大桥镇子（以下称镇子）女士承诺，自己一定会努力工作，坚持奋斗在写作的第一线。镇子女士对我说："谢谢你。以后就拜托你啦，请你好好工作吧！"

镇子女士只给我提过一次在编辑《生活手帖》杂志方面的建议。她把手掌放到我的膝盖上，慈祥地对我说："杂志的配色很重要。不要使用暗色，绝对不能用黑色。你记得在排版时多用些漂亮颜色哦，我就喜欢天蓝色，没有人会拒绝蓝色。"

接着，她稍微靠近我一些，盯着我的眼睛认真地说道："不要只用脑袋思考该怎么办。大家都只用脑袋思考，所以才做不出好东西来。你应该要用心去思考，脑袋只使用一点点就够了，剩下的就是充分地用心去感受和行动。《生活手帖》杂志就是用心做出来的。你明白了吗？"

这些话给我带来了很大的震撼。从此以后，我像是忽然找到了某种永不枯竭的力量之源。即使现在我离开了《生活手帖》杂志社，我也仍然保持着当年的工作态度和工作精神。

在做杂志的九年间，我曾有过许许多多的艰难、痛苦，也曾数次觉得自己已经无力继续了，每当这时，我都会想起镇子女士对我说过的话。她的那句"工作就是让心灵运转起来"至今仍然像护身符似的守护着我前行。

在《生活手帖》杂志社工作的时间里，镇子女士给予过我的东西真是说也说不完。

我回想着镇子女士对我的教诲，同时也在思考，什么才能让人们的生活变得更加丰富美丽。我愿意用一生的时间去寻找这个问题的答案。

　　谨以本书，献给《生活手帖》杂志社的创立者大桥镇子女士。